冴えない僕が
君の部屋でシている事を
クラスメイトは誰も知らない
JN099203

——髪型を変えてメガネを外したら佑希も喜んでくれるかな
高井柚実
Yumi Takai
こんな地味な僕が本当に女慣れしているのか…？
遠山佑希
Yuki Toyama

遠山ってさ、冷めてるっていうか大人っぽいよね

上原麻里花

Marika Uehara

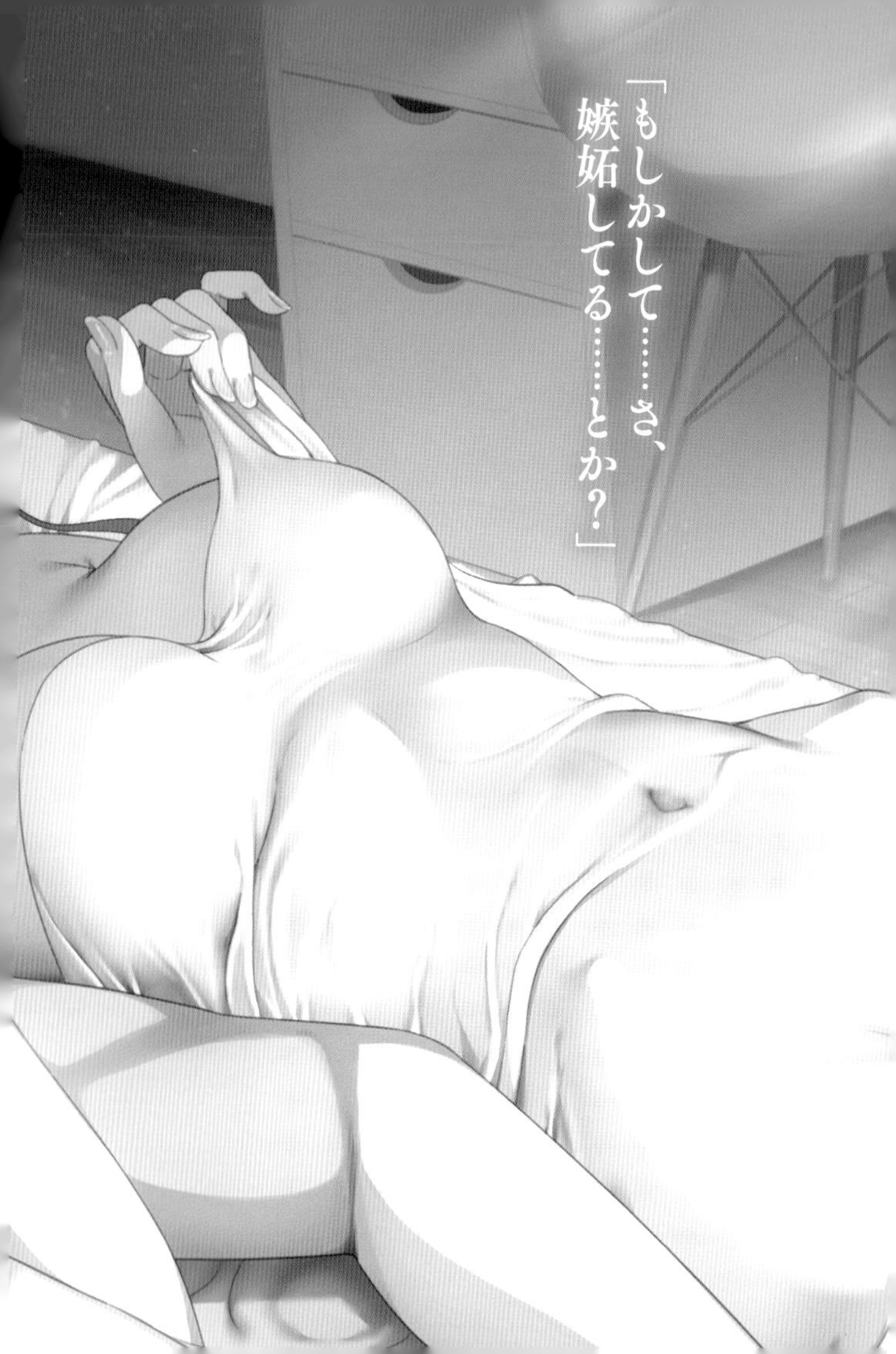
「もしかして……さ、
嫉妬してる……とか？」

「……私たちは身体だけの関係。
そんな感情は――持っていない」

「う、上原さん!?」

「ねえ、遠山……
私が腕を組んでも全然動じないよね。
私ってそんなに魅力がないのかな？」
背中に当たる柔らかい感触と
上原の良い匂い。
彼女の心臓の鼓動と息遣いを
感じるほど密着している。

99+
高井柚実
この前買った小説が面白かったけど読む？
読みたい
じゃあ、放課後に図書室で渡すよ
私の部屋に持ってきて
え？ わざわざ家まで持っていくの？
そう、今日は家に誰もいないから大丈夫
分かった。先に帰ってて
うん、楽しみにしてる
Aa

冴えない僕が君の部屋でシている事をクラスメイトは誰も知らない

ヤマモトタケシ

角川スニーカー文庫
23135

I am boring, but my classmates do not know

what I am doing in your room.

CONTENTS

本文イラスト:アサヒナヒカゲ　デザイン:AFTERGLOW

CHARACTER

I am boring, but my classmates do not know
what I am doing in your room.

遠山佑希【とおやま　ゆうき】

ボッチ気質の陰キャ主人公。読書が趣味で一見大人しく見えるが
意外と気が強い。セフレがいるせいか余裕があり大人っぽく見えるらしい。

高井柚実【たかい　ゆみ】

佑希のセフレで図書室の住人。佑希以上に存在感が薄く
眼鏡を掛け地味な印象。本人は気付いていないが実はかなりの美人。

上原麻里花【うえはら　まりか】

スクールカースト上位で派手な見た目の女子。性格は極めて良く
クラスで一番人気。その華やかな見た目は周囲の異性を魅了する。

沖田千尋【おきた　ちひろ】

佑希の親友。小柄で一見女子に見える美少年。

遠山菜希【とおやま　なつき】

佑希の妹。ややブラコンで兄の匂いが好き。

相沢美香【あいざわ　みか】

麻里花の親友。見た目は中学生だが姉御肌で頼りになる。

倉島和人【くらしま　かずひと】

クラスで一番のイケメンだが自己中で他人を見下しているところがある。

石山沙織【いしやま　さおり】

クラスメイト。倉島に好意を持っている。

第一話　陰キャにセフレ

I am boring, but my classmates do not know what I am doing in your room.

「あ、コンドームがもうないや」

遠山《とおやま》は空になっているコンドームの箱を眺め、なくなったなら捨てとけよ、と最後に使った自分のことを棚に上げ、心の中で悪態をついた。

「別にコンドームがなくても外に出してくれれば私はいいよ」

遠山にとって、いや……男にとって夢のような提案をしてきたのは、ベッドの上で裸のまま横になり、先ほどまで遠山に責められ肩で息をしているクラスメイトの高井《たかい》柚実《ゆみ》だ。

「そうはいかないだろ。僕たちまだ高校生なんだし子供できたらマズいでしょ？　今日は諦める？」

「私は……続きをして欲しいな」

すでに盛り上がっている高井にしてみれば、今更やめるなということだろう。

「そう……コンビニかなんかで買ってくる」

これからという時にコンドームがないことに気付いた遠山だが、わざわざ買いに行ってまでというのも正直なところ面倒だった。

「私も行こうか?」

「いや、僕一人で行くよ。服着るのも面倒だろ?」

裸だった遠山は服を着て家を出た。

といってもこの家は遠山の家ではなく高井の家だ。彼女は母子家庭で家族には姉がいる。母親が仕事をして生計を立てているようだが、あまり家に帰ってこないらしい。

そして姉も彼氏の家で半同棲状態らしく、ほとんど家に帰ってこないと言っていた。

他人の家の家庭事情に興味がない遠山は、深く知ろうとは思わなかったのでそれ以上のことは聞かなかった。


「とは言ったもののコンビニで買うのはなぁ……確か少し離れたところにコンドームの自販機があったような……」

アテにならない記憶を頼りにコンドームを求め夜の街を彷徨《さまよ》う遠山。

「お、あった!」

三十分ほど歩き自販機を発見することができた。人通りも少なく人目を気にせず買えそうだ。

「あれ? 遠山?」

無事コンドームを入手し帰ろうとした矢先、遠山は背後から声を掛けられた。

振り返り声の主を確認すると、見覚えのあるクラスメイトの女子の姿がそこにあった。

遠山は慌ててコンドームを上着のポケットにしまう。クラスメイトに説明するのが面倒だからだ。

「上原《うえはら》さん？」

緩いパーマをかけ明るい髪色に染め、その華やかな見た目と人気でクラスの上位カーストに所属する上原麻里花《まりか》だった。

綺麗《きれい》さと可愛《かわい》さを兼ね備え、スタイルも良く圧倒的なバストは洋服に大きな膨らみを作ることでその存在感を示している。

そして人気はクラスでもナンバーワンの女子だ。

他のクラスの男子にも人気があるという噂《うわさ》を遠山は聞いている。

「上原さん、もしかしてこの近くに住んでるの？」

「まあね。それより遠山、こんなとこで何やってんの？　ていうか、さっきポケットに隠したのってアレだよね？」

上原は暗闇の中で煌々《こうこう》と光を放つコンドームの自販機を指差す。

どうやら一部始終を見られていたようで、高井と二人で来なくてよかったと遠山は胸を撫《な》でおろした。

「うん、まあそうかな」

「ふーん……それって遠山が使うの？」

遠山のようなクラスで地味な陰キャが、そんなものを買っていたのが上原は気になったのだろう。

しかし上原は揶揄《からか》うでもなく、真剣な表情で遠山の顔を覗《のぞ》き込んできた。

「ああ、これは兄貴に頼まれて買ったんだよ。小遣いやるからって」

遠山は適当な嘘で誤魔化《ごまか》す。本当は兄などいないが、そのことを上原が知る由《よし》もない。

「そっか……でもさ、遠山の家ってこの辺じゃないよね？」

上原が遠山の家がこの辺りではないことを、なぜ知っているのかは分からない。しかし彼女が何かを疑っているように遠山は感じた。

「引き受けたのはいいんだけどコンビニじゃ買いにくくてさ、自販機を探してたら結構遠くまで来ちゃったんだよ」

遠山は何となくそれっぽい感じの嘘で誤魔化す。

「ふーん……まあ、いいけど。遠山はそういうの必要なさそうだもんね」

先ほどまでの真剣な表情が一転、上原はぱあっと表情を明るくした。

「そうそう、僕には無用なものだよ。……それじゃあ兄貴が待ってるからそろそろ帰るよ」

待っているのは兄貴じゃないけどね。

話を長引かせると色々と聞かれボロが出そうだったので、遠山は早々に話を打ち切った。

「うん、じゃあまた明日学校でね」

「ああ、また明日」

遠山と上原は同じクラスだが話したことはあまりない。今日が今までで一番長い時間会話をしたかもしれない。

上原の周囲は陽キャで容姿にも恵まれた連中が集まり、上位カーストを作っている。

遠山はそういうのは苦手で極力関わらないようにしていた。

——また明日学校でね……か。

実際、学校で会っても話すことはないだろう。上原との関係とはその程度だ。


上原から逃げるように別れた遠山は急いで高井の家に戻り、部屋に入るとあろうことか彼女は全裸のままベッドで、すぅすぅと寝息を立てていた。

「何だよ……遠くまで行ってきたのに」

遠山は高井の可愛い寝顔を見ながら心にもない憎まれ口を叩《たた》く。

とはいえ、クラスメイトの上原に会ってしまったこともあり、身も心も萎え気味で今からセックスするのも面倒だった。

ちょうど良かったのかもしれない、と遠山は高井の髪を撫でながら思った。

遠山は風邪をひかないように高井に毛布を掛け、彼女の家を後にした。

――クラスで変な噂を立てられなければいいけど。

遠山はそんな不安を抱きながら家路についた。

◇

コンドームを買ったところを上原に目撃された翌日、登校した遠山は自分の席に座り、ホームルームが始まるまで小説を読んで過ごしていた。

遠山は普段から休憩時間や昼休みに読書をして過ごしている。本を読んで静かな時間を過ごすのが好きだからだ。決してボッチではないが、特別仲が良いクラスメイトがたくさんいるというわけでもない。

「遠山、おはよう！」

今日はいつもの朝と違い、上原が登校するなり遠山に声を掛けてくる。なんか朝から彼女のテンションが高い。

「あ、ああ……上原さんおはよう」

今まで上原とは朝の挨拶などしたことがなかったのに、どういう風の吹き回しだろうか。

遠山は人間不信というわけではないが、昨日まで朝の挨拶など交わしていなかった上原に対して警戒心を抱く。

「昨日の夜ぶりだね」

「そうだね。それで何か用？」

夜ぶりだねと言われても返す言葉は特にない。用事があるのなら早く済ませて欲しい。

「特に用事があるわけじゃないけど……用がないと話し掛けちゃダメなの？」

話をするのが面倒だと思っていた遠山の素っ気ない態度が出てしまい、上原に悪いと思わせてしまったようだ。

「いや、そんなことはないけど……ごめん」

「なんか遠山ってさ、冷めてるっていうか、他の男子と比べると大人っぽいよね」

「別に普通だと思うよ。大人しくしてるからそう見えるだけじゃないかな？」

上位カーストの男共は女子に良いとこ見せようと調子に乗ったりしているから、相対的に見て落ち着いて見えるだけなのでは？

「そう、そういうところ！　なーんか余裕があるっていうか達観してるっていうの？」

上原のようなクラスでも人気の女子と話をしていると、教室で目立つから正直なところ早く解放して欲しい、と遠山は内心思っていた。

「麻里花、そんな陰キャと話してても面白くないだろ？　行こうぜ」

二人の話に突然割り込み、悪口とも取れる言葉を平然と言い放った男子生徒は、同じクラスの倉島和人《くらしまかずひと》だ。

イケメンの倉島は上原と同じ上位カーストのグループだ。かなりモテるようで何人もの女子生徒から告白されているとの噂を遠山は聞いたことがある。

「和人、そういう言い方は失礼だよ」

上原はなぜか遠山に気を遣っているようだが、注意された倉島は憮然《ぶぜん》としている。

「……遠山、悪かったな」

倉島が上原を気に入っているのはクラスでも周知の事実だ。

だから上原の言葉には従い渋々謝ってきたが、遠山に対して悪いとは一ミリも思ってないのが窺《うかが》える。

「いや、別にいいよ。気にしてないから」

いきなり本人を目の前にして悪口とも取れることを平然と言ってくる奴《やつ》とは、遠山としても関わり合いたくない人種だ。嫌われていようが問題ないので本当に遠山は気にしていなかった。

「麻里花、行くぞ」

倉島はなぜか上原の彼氏面《づら》をしている。カッコつけて気を引こうとしているのが見え見えだが当の上原は困り顔だ。

「遠山ゴメンね。今度面白い本教えてね」

そう言って倉島と上原は上位カーストの集団に合流していった。ああいった仲良し集団も面倒くさそうだし一人の方が気楽だな、と陰キャらしい物事の捉え方で遠山は彼らを眺めていた。

——面白い本ね……上原さんは小説とか興味なさそうだけど。

遠山が知らないだけで実は本好きなのかもしれない。

そんなことを考えていた遠山はどこからか視線を感じた。周囲を見回すと高井と目が合い視線の主が彼女だと気付く。

高井は遠山から目を逸《そ》らし、先ほどまで読んでいた本に再び視線を戻した。

先ほどまでの遠山と上原とのやり取りを高井が見ていたとしても、彼女が嫉妬したりするようなことはないだろう。なぜなら遠山と恋人同士というわけではないからだ。

高井と遠山はセックスをするだけの関係、いわゆるセフレというやつだ。惚《は》れた腫れたというような関係ではない。

高井との馴《な》れ初《そ》めは放課後、図書室で図書委員会の業務をしていた遠山が、本の返却に来た高井と何気なく本について話すようになってからのことだ。ある日、本を貸すからと彼女の家に誘われた。

『セックスする？』

訪れた高井の部屋で彼女が遠山に囁《ささや》いた言葉。断る理由もない遠山と彼女は肌を重ね、身体の関係を持った。

こんな簡単に誘ってくるのだから、さぞかしビッチなのかと思っていた遠山だったが、驚くことに高井は処女だった。遠山も童貞であり、初めて同士でしばらくは試行錯誤しながら行為を続けた。

遠山も普通の性欲旺盛な健全な男子高校生。しばらくは性欲を満たすために高井の身体に溺れた。彼女といえば性欲を満たすためではなく、足りない何かを埋めるように遠山に甘えた。

そんな高井と遠山は教室内で話すことはない。

だから遠山と高井がセフレだということをクラスのみんなはまだ知らない。

第二話　上原麻里花は仲良くしたい

◆

私のクラスには遠山佑希《とおやまゆうき》というクラスメイトがいる。

遠山は大人し目でいつも本を読んでいる一見パッとしないルックスの、いわゆる陰キャと呼ばれるタイプの男子だ。

私はその一見冴《さ》えない男子生徒が気になっていた。

クラスの大体の男子、特に仲良くしているグループの男子は話しながら、事あるごとに私の胸をガン見していて下心丸出しだ。話す内容も私の気を引きたいのかカッコつけて自慢ばかりで中身がない。

私が他の男子に告白されてそれを断れば、身の程知らずだとか釣り合っていないとか、その男子生徒の悪口を平然と言ったりする。まるで小学生や中学生並の幼稚さだ。

私は同じグループの女子と仲良くしたいだけで、正直そのグループの男子には興味がなかった。

だけど遠山は違っていた。チラチラと私を見る男子が多い中、彼だけは私のことを認知すらしていないかの如く一切興味を示さず静かに本を読んでいる。

そんな遠山と昨日の夜、偶然、街で出会った。

遠山は自販機でコンドームを買っているところを私に見られたにもかかわらず、慌てるでもなく平然とした様子で私と会話を続けた。

正直なところ遠山がコンドームを買っている現場を見た時、私は少しモヤッとした気持ちになったのは内緒だ。

結局、兄が使うと遠山から聞いた時、ホッとした自分に驚いている。

終始冷静で落ち着いた大人の雰囲気を醸し出している遠山は、今まで私の周りにいなかったタイプの男子だ。

だから私は遠山のことを知りたくなり朝から声を掛けてみたけど、凄《すご》い塩対応でちょっと落ち込んだ。

倉島和人《くらしまかずひと》というイケメンで女子にモテる男子生徒がいるが、人を見下すようなところがあり今朝も遠山に絡んでいた。だが、遠山は気にしてないからとサラッとそれを流した。

そんな彼を私は余裕があってカッコいいなと思ってしまった。

身嗜《みだしな》みさえちゃんとしていれば顔の良《よ》し悪《あ》しなんて関係なく、カッコいいんだなと私は思い知らされた。

どんな本を読むんだろう？　どんな人なんだろう？

私はこうして遠山に興味が出て仲良くなりたいと思うようになった。

◇

「佑希、一緒にお昼食べよ」

前の席の沖田千尋《おきたちひろ》が振り向き、遠山の机の上に弁当を広げた。

千尋は遠山の数少ない友達で性格は穏やか、人当たりも良く誰とでも仲良くなれる。

遠山とは正反対の男子だ。

そして華奢《きゃしゃ》で小柄、目鼻立ちも女の子のようにパッチリとしていて、男子の学制服を着ていなければショートカットの女子に見えるかもしれない。

そのせいか女子だけでなく男子にも人気がある。

「千尋は今日も弁当持参なんだ。その量で足りるの？」

ダイエット中の女子が使うような小さな弁当箱で、その中身はふた口でなくなる量だった。

「ぼくにはこれで十分だよ。そういう佑希だってパン二個だけ？」

「さっきおにぎりとか食べたし、あんまり食べると午後眠くなるからね」

授業の合間に早弁をした遠山はこれで十分だと言う。

「もっと食べないと大きくなれないよ？」

「それ千尋に言われたくないよ」

小柄で少食な千尋に言われると説得力があるなと遠山は妙に納得した。

千尋の心遣いが彼女みたいでなんとなくむず痒《がゆ》く感じる。

千尋の女子のような容姿が遠山にそう思わせてしまうのだろうか？

──彼女とかいるとこういう感じなのかな？

遠山にセフレはいるが恋人がいたことはない、高井《たかい》とはそういう恋人らしいことは一切しない。結局のところ遠山は非モテの陰キャなのだ。

「ぼくだってもっと大きくなりたいけど、胃が小さいからこれで十分なんだよ」

「本当は女の子なんじゃないの？」

「佑希ヒドいよ。ぼくだって気にしてるのに」

ぷくっと頬《ほお》を膨らませ拗《す》ねる千尋は──可愛《かわい》かった。本当に男なのかと疑うレベルである。

「千尋が彼女だったらなぁ……」

「ゆ、佑希！　な、なに言ってるんだよ！　ぼ、ぼくたち男同士だよ……」

「じ、冗談だよ。僕もそっちの気はないから安心して。至ってノーマルだから」

「もう……本当にやめてよね。心臓に悪いから」

そうはにかむ千尋の顔はほんのり赤味《あかみ》を帯びていた。

「そ、それより今朝、珍しく上原《うえはら》さんと何か話してたね」

千尋は恥ずかしいのか別の話を振ってきた。

「ああ……昨日偶然夜道で会ったからじゃないかな？　特に仲が良いってわけでもないしね。あのグループの連中とは仲良くはなれないよ」

そう言って上原と倉島が集まっているグループに遠山は目をやる。すると遠山と目が合った上原は、その大きな胸の前で小さく手を振ってきた。

「なんか上原さん、佑希に手を振ってるみたいだよ」

遠山はそれを無視して上原のグループから視線を戻す。また倉島に絡まれたら面倒だからだ。

「佑希、いいの？　無視しちゃって」

「ああ、いいんだよ。あんまり関わり合いたくないし」

「……でも、そうはいかないみたいだよ」

――ん？

千尋がなにを言っているのか遠山は一瞬分からなかった。

「ちょっと！　せっかく手を振ったのに無視しないでよ」

上原がグループの輪から抜け出し、遠山たちのところにやってきたのだ。

「ああ……ごめん。楽しそうに話してたから邪魔しちゃ悪いと思って」

関わるのが面倒だからとは言えない遠山は適当に誤魔化《ごまか》した。

「それにしても……アンタたち何かカップルみたいよね。遠くからだとイチャついてるように見えたわよ」

遠山と千尋を交互に見やり、上原は衝撃的なことを言ってくる。

「ええっ⁉　ぼくたち男同士だよ。そんな風に見えていたなんて……」

千尋は動揺しているが、モジモジとしているその様子は何となく嬉《うれ》しそうに遠山には見えた。

「沖田くんはその辺の女子より女子力高いからね。遠山も満更じゃないでしょ？」

上原はサラッと怖いことを言ってくる。

「いやいや、やめてくれよ。いくら千尋が女の子っぽいからって悪い冗談だよ」

ひひ、っといたずらっ子のような笑みを浮かべる上原は、完全に二人を揶揄《からか》って楽しんでいるように見えた。

――ん？

また、どこからか視線を感じた遠山は、首を動かさず目だけで視線の主を探す。

どうやら高井と……もう一人、眉間に皺《しわ》を寄せこちらを睨《にら》んでいるのは倉島のようだ。

彼は上原が遠山のところに来ているのが気に入らないのだろう。

上原と昨晩、偶然出会ったことで接点ができてしまったのが運の尽きだったな、と遠山は溜息《ためいき》をついた。

そして高井は……これまで教室内でも徹底して遠山に対して無関心を貫いていた。だが、今日は遠山を意識しているように見える。上原が遠山に絡んできているからだろうか？

高井のことは知っているようでいて実のところ、遠山もよく分かっていない。どうしたのかと考えていると午後の授業の予鈴が鳴り響く。

「そろそろ昼休みが終わりだから僕はトイレに行ってくるよ」

そう言って遠山は上原との会話を強制的に打ち切った。これ以上倉島に睨まれるのも面倒だと思ってのことだ。

——高井には今度なにを気にしていたのか直接聞いてみよう。

トイレに向かいながら遠山はひとり言のように呟《つぶや》いた。

◇

図書委員である遠山は放課後、図書室の受付カウンターで本の貸し出しや返却などの受付業務に従事していた。

授業が終わり一気に貸し出しや返却が集中したが、一段落し静まり返った図書室で遠山は一人、棚に本を戻す作業をしていた。

黙々と作業をする中、図書室の扉がガラッと音を立てて開いた。遠山は扉から入ってきた女子生徒に注目する。

セミロングの黒髪に太いフレームの眼鏡。華奢な身体に控えめな胸。遠山はその一見地味な女子生徒の隠れたホクロの位置まで知っていた。そして地味な彼女の素顔はかなり美人であることも。

「この本の返却をお願いします」

一冊の本を差し出す女子生徒は遠山のセフレ、高井だった。

遠山は黙って受け取り本の返却処理をする。

「ねえ……」

高井が何か遠山に尋ねようとしているのか、遠慮気味に声を掛けてきた。

「なに？」

「やっぱりいい」

高井は一瞬思い詰めた表情をしたが、すぐに普段の無表情に戻り、遠山との会話を打ち切ると本棚に本を探しに行ってしまった。

遠山も高井に話したいことがあったが、図書委員の仕事を優先し業務に集中することにした。

遠山と高井の二人しかいない図書室に、静寂でゆったりとした時間が流れる。

高井は気になる本を見つけたのか席に腰掛け、読書に耽《ふけ》っていた。

遠山は黙々と作業を続け、ようやく返却された本を全て棚に戻し終える。

朝と昼休みに感じた高井の視線が気になり、どうしても聞きたかった遠山は彼女に声を掛けようとした。

高井——

「遠山みっけ！」

遠山の声が出るか出ないかの瞬間、勢いよく図書室の扉が開き、飛び込んできた人物に邪魔されてしまう。

空気を読まず、図書室に騒がしく乱入してきた見覚えのある人物。制服を着崩し胸元を開けボリュームのある胸で谷間を作り、明るく髪を染め緩いパーマをかけた女子といえば、遠山には一人しか知り合いはいない。

「上原さん、図書室では静かにお願いします」

「あ、ごめん……でも誰もいないじゃん。ならいいでしょ？　少しくらい声出しても」

上原には高井の姿が目に入っていないようだ。遠山は高井が座っているテーブルを指差す。

「高井さんいたんだ？　騒がしくしてごめん。でも気配とか全然感じなかったよ」

高井は教室でもその雰囲気や容姿からか確かに影が薄い。今は読書に集中しているせいか普段以上にその存在は希薄だった。

高井は上原を無言で一瞥《いちべつ》し、すぐに先ほどまで読んでいた本に視線を戻した。

「あ、高井さん気を悪くした……？　気に障ったならゴメン。別に悪い意味じゃないから……」

高井は普段からあんな感じだ。それを知らない上原は、高井が無言だったので怒ったと思ったようだ。

普段、一緒にいるグループのノリなのかもしれないが、上原は今ひとつその場の空気が読めなかったようだ。だけど、ちゃんと反省して謝れるところから彼女は悪い人ではないのだろう。

遠山は落ち込んでいる上原を見てそう思った。

「別に気にしないから大丈夫」

高井の返事は実に素っ気ないものだった。

「よかった……。高井さんも教室でよく読書をしてるよね。どんな本を読んでるの？　よかったら教えて？」

上原は読書に興味があるのか高井にもオススメを尋ねている。しかし高井の読んでいる本はたぶん上原には難しいだろう。高井は純文学を好んで読むことが多い。遠山も薦められて読んだことがあるが、芸術性が高くよく分からなかった。

「上原さん、図書室でお喋《しゃべ》りは厳禁だよ。他の人の読書の邪魔をしないようにお願いします」

遠山は図書委員らしいことを言って高井に助け舟を出した。このままだと一方的に上原が高井に話し掛ける未来しか見えなかったからだ。

「読書の邪魔しちゃってゴメン。今度教室で聞かせてね」

高井の返事を聞かず、一方的に話を打ち切った上原は図書室のカウンターにいる遠山のところに駆け寄ってきた。

「ねえ、図書委員の遠山と本の話をするなら私語にならないでしょ？　今朝話したオススメ教えてよ」

確かに司書的なこともする図書委員と、本について話をするなら私語ではないだろう。

上原は意外と頭が回るようだ。

「まあ、そうだけど倉島とか放っておいていいの？　また絡まれて騒がしくされるのは勘弁して欲しいんだけどね」

「和人は用事があるからって先に帰ったから大丈夫だよ」

「ならよかった」

「今朝は遠山に絡んでゴメンね。和人に悪気はないんだよ。ちょっと自己中ではあるけど」

本人に悪気がないというのは逆にタチが悪い気がする。

「別に上原さんが悪いわけでもないし謝らなくてもいいよ。倉島は上原さんが好きみたいだから嫉妬してたんじゃない？　独占欲っていうの？」

「うーん……和人はモテるからそんなことないと思うけど……でも、ちょっとウザいかなって思う時はあるかな」

それなら一緒に行動しなければいいのでは？　と思った遠山だが、カーストを形成しているとそうもいかないのだろう。

なんとも面倒な話だなと他人事《ひとごと》ながら上原が気の毒に思えた。

「その点、遠山は落ち着いてて余裕があるし、優しいから私はいいと思うよ……」

上原は上目遣いでカウンター越しに遠山を見つめる。その表情は微《かす》かに赤味を帯びているように見えるが、窓から差し込む夕焼けの光かもしれない。

「この本借りたいのでお願いします」

遠山と上原は数秒間見つめ合っていただろうか、ガタンと椅子を鳴らしながら立ち上がり、カウンターに駆け寄ってきた高井のひと言で二人は我に返る。

いつもの感情を乗せない高井の言葉ではなく、そのひと言は怒気を孕《はら》んでいるように遠山は感じた。

「返却期限は二週間後になります」

「ありがとう」

遠山は高井が相手でも事務的な態度で対応する。これは図書室で誰か他に人がいようがいまいが同じだ。

高井は本を受け取るとそのまま図書室を出ていった。

「高井さん機嫌悪そうだけど……私のせいかな？」

遠山が高井の態度に感じた怒気のようなものを、上原も感じたようだった。

「いや……高井は図書室ではいつもあんな感じだから気にしなくていいと思うよ」

「そうなんだ……高井さんはよく図書室に来てるの？」

「まあ、常連と呼べるくらいには」

「遠山は高井さんとよく話をするの？」

上原は高井のことが気になるのか色々と遠山に質問をしてくる。

「お互い本が好きだから結構話はするよ」

「そう……教室で二人が話をしてるの見たことないけど、ここでは仲良しなんだね。さっき怒ってるように感じたのは邪魔しちゃったからかな？」

遠山には上原の言っている言葉の意味が分からなかった。

遠山と高井の関係は誰も知らないことであり、邪魔するも何もないだろう。もしかすると上原は二人の関係を疑っているのでは？　と遠山は予想した。

「上原さん変な想像してる？　僕と高井は付き合ってないからね」

「そう……ならよかった……」

上原は胸に手を当て安堵《あんど》の表情を浮かべた。

──どうしたんだろう？　今日の上原さんは変だ。

そう遠山が思った矢先、カウンターの下に置いたスマホの着信音が鳴り響く。

──マナーモードにするの忘れてた！

「スマホをマナーモードにするから上原さんゴメン」

そう言って遠山はスマホを取り出し画面を確認する。

スマホの画面には高井からのメッセージが届いた旨の通知が表示されていた。遠山は慌てて内容を確認する。

そこに書かれていたメッセージを見て、遠山は驚きを隠せなかった。なぜなら、このタイミングで送ってくるか？　と疑問に思うような内容だったからだ。

『今日はセックスしましょう。学校が終わったら家に来て』

普段は『セックスしよう』などと直接的な表現で、高井はメッセージを送ってきたりはしない。さすがの遠山も面食らった。

「ゴ、ゴメン、そろそろ図書室閉めるから本の話はまた今度ね」

内容が内容なだけに、上原と話をするのが気まずくなった遠山は話を打ち切った。

「何かあったの？　スマホ見てすごく驚いてたけど」

上原の目の前でセックスのお誘いのメッセージを読んだせいか、動揺して顔に出てしまったようだ。

「い、いや別に何でもない」

高井はわざと今のタイミングで、〝セックス〟という直接的な表現のメッセージを送ってきたに違いないと遠山は確信した。

上原といい高井といい、今日の二人の行動がよく分からない遠山は頭を抱えた。

「なんか忙しそうだし邪魔しちゃ悪いからまた来るね」

そう言って上原は図書室を出ていった。

――とりあえず今日は高井と二人きりになれるし、後で今のメッセージのことを聞いてみるか。

図書室を出ていく上原の背中を見送りながら、遠山は高井の送ってきたメッセージに視線を落とした。

図書委員の業務を終えた遠山は、学校から高井の家まで直接やってきた。

玄関の前に立ちインターホンを押そうと遠山が手を伸ばす。すると唐突にドアの向こう側の電気がつき、人の影が曇りガラスに映し出された。

カチャと解錠音がしたと同時に遠山はドアから一歩後ずさる。高井が出てくるものとばかり思っていたが、開いたドアから顔を覗《のぞ》かせた人物は遠山の予想と違っていた。

「あら、柚実《ゆみ》のお友達かしら？」

見た目は三十代半ばくらいで、ばっちりとメイクをしたお洒落《しやれ》な出立《いでた》ちの美人の女性が、香水の匂いを振り撒《ま》きながらドアから現れた。

「あ、えと……高井さんいらっしゃいますか？　クラスメイトの遠山と言います」

「あら〜柚実の彼氏かしら？　あの子も隅に置けないわね」

彼氏と呼ばれて肯定するか否定するか遠山は悩んだ。

「今、呼んでくるからちょっと待っててね」

ところが高井との関係を聞くことなく、その女性は家の中へと戻っていった。

お姉さんは大学生と言っていたから、たぶん高井の母親だろう。もうすぐ夜になろうという時間に、男が自分の娘を訪ねてきているにもかかわらず、特別驚いた様子を見せてはいなかった。

しばらくするとその母親と思わしき女性が玄関に戻ってきた。

「遠山くんと言ったかしら？　柚実はすぐ下りてくるから中に入ってリビングで待っててね」

「あ、はい。分かりました」

「それじゃ私は出掛けるから柚実をよろしくね。あ、ちゃんと避妊はするのよ？」

――ブッ！

遠山が何をしにきたのかバレているようだった。さすがにセフレだとは思っていないだろうが。

爆弾発言をした母親と思われる女性は、遠山を玄関前に残しさっさと立ち去っていった。

それにしても……初めて会った見ず知らずの男と、自分の娘がセックスするのが前提として受け入れている親とは一体？　理解がある親なのか、それとも逆に無関心なのだろうか。判断に悩む遠山だった。

「まあ、入っていいって言ってたしとりあえずお邪魔します」

勝手知ったる他人の家、間取りは十分把握している。遠山は迷わずリビングに向かった。

リビングには部屋着姿の高井がソファーに座っていた。

「なあ、母親がいるとは聞いてないよ」

「仕方ないじゃない。私もいるとは思わなかったんだから。あの人の行動は私にも分からないわ」

「それに僕のこと彼氏だと思ってるみたいだったよ。避妊はちゃんとしてって言われた」

「あの人は子供さえ作らなきゃ何してもいいって思ってるから」

高井は先ほどから母親のことを〝あの人〟と呼んでいることが、彼女の家庭事情が複雑であることを物語っている。

「そんなことより私の部屋に行きましょう」

高井はソファーから立ち上がり、遠山の腕に自分の腕を絡め、胸を押し付けてくる。控え目だが柔らかい胸の感触を感じる。

普段はこういった誘うような行為はしないが、今日の高井は積極的だ。遠山は高井の部屋まで腕を組んだまま半ば強引に連れていかれた。

高井の部屋に到着するや否や、遠山はベッドに押し倒され彼女が覆いかぶさってくる。

「ど、どうしたの？　今日の高井はなんか変だよ」

高井は質問には答えず無言のまま遠山にキスをする。いつもとは違う情熱的なキス。遠山はしばらく高井と熱いキスを交わした。

高井がいつもより激しく積極的に求めてきたこともあり、行為が終わった二人は疲れてベッドの上でグッタリと横になっていた。

「なあ、今日は一体どうしたんだ？　朝から変だよ。もしかして上原さんが関係してる？」

遠山は気になっていたことを高井に尋ねた。

「別に上原さんは関係ない。それに私はいつもと変わらないわ」

上原が遠山に絡むようになってから、高井の態度がおかしくなってきたのは間違いないように感じる。

「もしかして……さ、嫉妬してる……とか？」

一番考えられる理由としてはこれしかない。恋人同士ではないとはいえ肌を重ね合った者同士、何か思うところはあるかもしれない。

「……私たちは身体だけの関係。そんな感情は——持っていない」

高井は否定したが、一瞬言葉を詰まらせたように聞こえた。

「そうか……そうだよな。僕の思い違いだったよ」

その後、高井はひと言も話さずそのまま眠ってしまった。だが彼女の手は遠山の手を握ったままだった。

◇

ピピピッ！　ピピピッ！　ピピピッ！

もぞもぞと布団の中から手を伸ばし、眠い目を擦りながら遠山は鳴り響くスマホのアラームを止める。

「ふぁぁ……眠い……ヤベ、そろそろ起きないと遅刻だ」

昨日、高井がいつも以上に激しく求めてきて三回もしてしまい、遠山は身体に多少の筋肉痛と倦怠感《けんたいかん》を覚えていた。

昨日の情事を思い出した遠山の下半身には血が集まり、また元気になってきてしまう。

「抜いてから学校行くか……」

性欲を持て余しているわけではない遠山だが、どうにも一発抜かないと収まりそうもなかった。

遠山は昨夜の乱れた高井の姿をオカズに自家発電を始めようとパジャマと一緒にパンツを下ろした。

「お兄ちゃん！　早く起きないと遅刻しちゃうよ！」

部屋のドアが勢いよく開き、慌てて毛布を下半身に被《かぶ》せる遠山。

――ヤベ！　見られた⁉

――い、いや、大丈夫だ……咄嗟《とっさ》に下半身に毛布を掛けたし、まだパンツを下ろしただけだ。

突然の乱入者は遠山の妹の菜希《なつき》だ。

「ねえ、聞いてる？　早くしないと時間なくなっちゃうよ」

「な、菜希、部屋に入る時はノックしてからって前から言ってたと思うんだ」

ドアに鍵を掛けていなかった遠山も悪いが、家族とはいえプライベートというのは存在する。

「あはは、ごめん。でも、なんでそんなに焦ってるのかな？　見られちゃマズいことでもしてたのかなぁ？　お兄ちゃんもお年頃だからねぇ。ひひ」

菜希のその言い方がなんとなくムカつくが、その通りだからヘタに言い訳すると認めているようなものなので、遠山は反論しないで黙っていることにした。

「もう起きるから菜希は出ていっていいよ」

「ダメだよ？　見張ってないとお兄ちゃんが二度寝しちゃうかもしれないし」

いくら菜希が可愛《かわい》いからといっても、家族の顔を見て勃《た》たせていられるほど遠山は変態ではない。今、下半身はすっかり萎えているが丸出しだ。菜希の前で布団から出ることはできない。

「いや、大丈夫だから」

「じゃあ、今すぐ布団から出て」

なぜか菜希は頑《かたく》なに部屋を出ようとしない。

「いや……部屋を出てってください。お願いします……」

このままでは本当に遅刻してしまう。

遠山はバレても仕方がないと懇願してみた。

「え？　そ、その……冗談だったんだけど、本当にシテたんだ……？　ご、ごめん！」

顔を真っ赤に染めた菜希は慌てて部屋を出ていった。

「ふぅ……やっと行ったか」

菜希は事情を察したようだが、丸出しの下半身を見られるよりはマシだろう。あくまでも察しただけで菜希の予想だ。推定無罪である。

「やべ、マジで遅刻する」

遠山は慌てて布団から出て支度を整え、素早く朝食を済ませ顔を洗い玄関に向かった。

「お兄ちゃん待ってよ。私も一緒に行く」

菜希は遠山の高校の中等部の三年生で、同じ敷地内に中学と高校があるので通学路は同じだ。

「菜希、お前が起きるのを邪魔して遅くなっちゃったんだから急げ」

遠山はモタモタしている菜希を置いて、さっさと玄関を出た。

「もう～お兄ちゃんてばヒドいよ、こんな可愛い妹を置いてさっさと行っちゃうなんて」

後ろから追い掛けてきた菜希が追いついたと同時に、遠山の左腕に柔らかいモノが当たった。菜希が腕を組んできたのだ。柔らかいモノの正体は中学生にしては発育の良い胸の感触だった。

高井より大きいんじゃないか？　立派に育ったな……遠山は父親のような感想を抱きつつ意識しないように努めた。

「なあ菜希、そろそろ離れて欲しいかな。同級生に見られたら誤解される」

遠山たちは学校の近くに住んでいるので、電車などは使わず歩いて登校している。周囲にはチラホラと他の生徒の姿を見掛けるようになってきた。

「菜希は見られても別に気にしないよ？」

「いや、そういうのは気にするべきだ。兄妹で腕を組んでるなんておかしい」

「そうかなぁ？」

「他の生徒も増えてきたから腕離すよ」

そう言って遠山は菜希の絡めた腕を強引に引き離した。

「お兄ちゃんのいけず～」

「お前、そんな言葉どこで覚えたんだよ」

中学生が使うような言葉ではないが高校生も使わないだろう。遠山は本をたくさん読む方なので知識だけは割と豊富だ。

られた。


「あれ？　遠山？」

そろそろ校門も近くなってきた辺りで、遠山は背後から女子と思われる人物に声を掛け
——朝から僕に話し掛ける女子なんていたか？

振り返った遠山の視界に映ったのは見覚えのある華やかな女子生徒だった。

——ああ……そういえば昨日からやけに絡んでくるようになった女子がいたな。

「上原さん、おはよう」

「おはよう遠山……っていうか……その可愛い子は誰？　もしかして彼女……とか？」

上原は遠山の隣にいる菜希に目をやり、不安げな表情を見せた。

「ん？　ああ、妹だよ。中等部に通ってるんだ」

「そ、そうなんだ、よかった……私はお兄さんのクラスメイトで上原って言います」

上原はホッとした様子で菜希に挨拶をする。

「お兄ちゃん……もしかして彼女さんとか？」

菜希は敵意のある眼差《まなざ》しを上原に向けた。

「いやいや、ただのクラスメイトだから」

「そう……ならいいです。私は妹の菜希と言います。上原先輩、兄がお世話になってます」

ペコリと頭を下げる菜希。

「わ、妹さん礼儀正しいね。それに凄《すご》く可愛い。菜希ちゃんよろしくね」

「はい、よろしくお願いします。それにしても……上原先輩、オッパイ凄いおっきいですね。それでお兄ちゃんを誘惑しないでくださいね」

男が言ったらセクハラになるようなことを、菜希は平然と上原に言い放った。

「お、お前何言ってんだよ!?　上原さんゴメン、うちの妹ちょっと変わってるんだ」

「べ、別に気にしてないから大丈夫……あはは」

大丈夫と言いつつ上原の表情は若干引きつっていた。

このまま菜希が上原に絡んでいると他に何を言い出すか分からない。

「ほら、お前はもう行け」

校門を潜《くぐ》った後は中等部とは向かう方向が違う。

また菜希が変なことを言わないか不安だった遠山は、逃げるように上原と教室に向かった。


「ホント、妹がゴメン」

教室に向かいながら遠山は、もう一度上原に謝った。

だが菜希が変なことを言ったせいで今朝不完全燃焼に終わった遠山は、上原の圧倒的なサイズの胸が気になって仕方がなかった。

「あはは、面白い妹さんだったね。いきなり胸のことを言われるとは思わなかったよ」

そう言って上原は強調するように両腕で自分の胸を抱えた。遠山は意識しないように冷静に努める。

「僕はトイレに寄ってから教室に行くよ」

なんとなく気まずくなった遠山は、上原と一緒に教室まで行かずにトイレの前で別れた。

「うん、それじゃまた教室でね」

——ふぅ……今日は朝から何か疲れたな。

昨日の高井との激しい行為もあり体力も削られ、朝から菜希のせいで精神的にも削られ、学校をサボって休みたい気分の遠山だった。


朝から菜希の奇行もあり、教室へ入るなり遠山は机に突っ伏した。

「佑希おはよう。何だか朝から疲れてそうだけど大丈夫？」

遠山の前の席に座っていた可愛らしい男子生徒が振り向き、心配そうに声を掛けてくる。

「ああ、千尋……おはよう。ちょっと朝から色々とあってさ」

千尋の顔を見ると癒《いや》される。邪気がないその笑顔は、本気で遠山のことを心配しているのが窺《うかが》える。

「少しやつれて見えるけどホント大丈夫？　無理しちゃだめだよ」

やつれて見えるのは単純に遠山が寝不足なだけである。

「ああ、ちょっと寝不足だからＳＨＲ《ショートホームルーム》が始まるまで寝かせて」

「うん分かった。先生が来たら起こしてあげるから」

「よろしく頼むな。それにしても……千尋が彼女だったらなぁ」

「な、なに言ってるんだよ!?　僕は男なんだからね」

「いやぁ……千尋を見ているとさ、もう男でもいいかなぁって」

本当に千尋の女子力は半端ない。見た目もそうだがその優しさに性別を超えて遠山は惚《ほ》れそうになる。

「ちょっとアンタたち男同士でなに朝からイチャイチャしてるのよ」

昨日と同じく今朝も遠山たちの会話に上原が割り込んでくる。

まだ教室に来ていないが倉島に見られると面倒だな、と遠山は周囲を見回す。

「上原さん、おはようございます！」

千尋は上原に対して、まるで上級生に接するような丁寧な挨拶をした。

「沖田くん、おはよ。私たち同級生なんだから、そんなに堅苦しい挨拶じゃなくてもいいからね」

「うん、上原さんおはよ！　これでいい？」

「ちょっと沖田くん……可愛過ぎでしょ！　キュンときちゃった。本当に男子なの？」

「そういえば千尋は前に妹に会った時にも同じようなこと言われてたな」

千尋は何度か遠山の家に遊びに来ているので菜希とは面識がある。

「沖田くんも遠山の妹さんに会ったことあるんだ？」

「その言い方だと上原さんも会ったことあるみたいだね」

「私は今朝初めて会ったんだけど、いきなり私に『おっぱい大きいですね』って言ってくるんだもの」

上原は今朝のことを思い出し、楽しそうに笑った。菜希の余計なひと言であったが気を悪くしてはいないようで何よりだ。

「佑希、妹さん相変わらずだね……」

千尋も思わず苦笑している。

「千尋が初めて妹に会った時のこと思い出すと笑えるな」

「佑希、アレを思い出させないでよ。恥ずかしいから……もう」

千尋はプクッと頰《ほお》を膨らまし拗《す》ねる。

「え、なになに？　妹さん沖田くんに何言ったの？」

上原は興味津々に身を乗り出してきた。彼女の圧倒的なサイズの胸が遠山の目の前でその存在感を示している。

――ち、近い。

遠山は菜希の言動を思い出しながら雑念を払い、上原の胸から目を背ける。

『本当に男子なんですか？　おちんちん付いてます？』

「そう言ってた」

――ブッ！

思わず吹き出す上原。

「う、上原さん、笑いごとじゃないんだからね」

「ご、ごめん……ちょっ……きゃはは！　……やっぱ面白い妹さんね……くふっ」

上原の笑いのツボにはまったようで、笑いを押し殺している姿が微笑《ほほえ》ましい。あの時は遠山も思わず吹き出してしまった。

「もう……本当に恥ずかしかったんだから」

――ん？

複数の視線が遠山たちに集まっていた。男子に人気のある上原を交えて盛り上がっていたせいだろう。その中にはいつの間にか教室に来ていた倉島の視線もあった。

高井は……彼女の姿を見つけ目で追ったが、今日はこちらには無関心な様子だ。

――それにしても……なんか目立っちゃったな。

普段から注目されている上原たちカースト上位の連中なら何でもないことだろう。でも、そういった目で見られるのに慣れていない遠山は、妬みや偏見など色々な感情が混ざった目で見られているように感じ、少々不快だった。

「そろそろ先生が来るから上原さんも席に戻った方がいいよ」

クラスメイトからのヘイトをこれ以上向けられないように、遠山は話を打ち切った。

「ああん、もうちょっと話聞きたかったのに。またお昼休み遊びに来るからね」

上原のことは嫌いではないが、こうして目立ってしまうなら積極的に関わり合うのは避けたい。遠山は口には出さないが本心ではそう思っていた。

「僕は今日のお昼休みは図書委員の業務があるから教室にはいないよ」

「あ、そうなんだ？　じゃあ昼休みに図書室に遊びに行くから」

上原は図書室まで来るつもりらしい。昼休みに図書委員で遠山が教室にいなければ諦めると思ったが予想外の返事だった。

「上原さん、図書室は遊びに来るところじゃないんだけどね」

遠山は図書委員らしいことをそれらしく言ってみる。

「ほら、オススメの本を教えてくれるって言ってたでしょ？　それならお喋《しゃべ》りにならないって遠山も言ってたし」

――上原さん、そういうとこはよく覚えてるんだな。

「でも昼休みは短いし、返却が多いから相手をしてあげる時間はないと思うよ」

実際のところ昼休みは短いので、ゆっくり選ぶ時間もなく本を借りに来る生徒は少ない。

「ええーそうなの？　しょうがないか……邪魔しちゃ悪いからやめとく」

とりあえず今日のお昼は大丈夫なようで遠山はホッとする。

「うん、悪いね。放課後の業務の時に来てくれれば教えるから」

「あ、それならさ、今日の放課後一緒に帰らない？　カフェでお茶でもしながら話をしようよ」

上原から予想外の提案をされた遠山は少々戸惑う。断っても彼女の性格からしてまた今度ねって言ってくると予想される。

遠山は別に上原に嫌われたいわけでない。彼女と関わると必ず注目を浴びてしまうのが嫌なだけで、波風を立てず静かに過ごしたいだけだ。

そう頭を悩ましていると千尋の姿が視界に入った。

「じゃあ……上原さんもああ言ってるし、千尋も一緒に帰ろ？」

ここは二人きりにならないようにと、遠山は千尋に話を振ってみる。今この場にいる彼なら上原も文句はないだろう。

「佑希、ごめん。今日は用事があって早く帰らなくちゃいけないから付き合えないんだ」

なぜこのタイミングで!?　退路を失ってしまった遠山は提案を受け入れる以外に選択肢はなくなってしまう。

しかし考えようによっては、遠山と一緒にいても楽しくないと上原が感じれば、今後は話し掛けてこないだろう。

積極的に嫌われるつもりはないが、面白くない人だと上原が認識すれば、これ以上は遠山にかかわらず元のカーストで楽しくやるだろう。

そんな後ろ向きなことを考える遠山は、根っからの陰キャだった。

「そっか、千尋が来れないのは残念だけど……上原さん今日は一緒に帰ろうか」

「ホント!? やった! じゃあ、放課後楽しみにしているね」

上原は演技ではなく本当に嬉《うれ》しそうな笑みを浮かべ、自分の席に戻っていった。

「はぁ……やっと行ったか……結局、仮眠できなかったな」

これで遠山が授業中に居眠りすることは確定してしまったようだ。

「上原さん凄く楽しみにしていたね。佑希も楽しんできて」

千尋は変な邪推はせず、心の底から楽しんできて欲しいと思っているようだ。本当に彼が友達でよかったと遠山はつくづく思う。

正直なところ、千尋が友達として遠山に接してくれているからクラスでもそれほど浮かずに済んでいるのだ。

だから自分がクラスで浮かないためにも、放課後は上原のことを変に避けたりせず、普通に接しよう。そうでないと誘ってくれた上原にも失礼だから。そう遠山は心に決めた。

図書委員は昼休みと放課後に図書室の業務を交代で担当する。今日、昼休みの担当は遠山だ。

昼休みが五十分しかないので実際には業務に当たるのは三十分ほどだ。遠山は慌てて昼食をとり図書室に向かう。

「千尋、図書室に行ってくる」

「うん、行ってらっしゃい」

遠山も詳しくは知らないが、規模の大きい学校には司書教諭なる先生がおり、学校図書館の運営を中心に仕事をしていて、生徒が授業中の間は司書教諭が図書室で業務に当たっている。

「宮本《みやもと》先生、お疲れさまです。今から業務に入ります」

「遠山くん、お疲れさま。私は休憩に入るからカウンター業務をお願いね。返却された本は後で私が棚に戻しておくから」

「はい、分かりました」

そう言って図書室を出ていった女性が司書教諭の宮本沙也《さや》だ。

黒髪ロングに眼鏡を掛けた知的な美人で、男子生徒のみならず同僚の男性教諭にも人気があるらしい。お陰で宮本先生が図書室の受付にいる時間は、彼女目当てで貸し出しや返却で男子生徒が殺到することもある。

その大人気の先生も休憩でいなくなり、図書室では数人の生徒が読書をしているだけだ。

昼休みも終わりに近くなり、静まり返った図書室に、ガラッと手荒くドアを開ける音が鳴り響き、遠山はドアから入ってきた招かれざる客を見て溜息《ためいき》をついた。

「おい、遠山！　どういうことなんだ？」

図書室に入ってくるなり倉島が、大声で詰め寄ってくる。読書をしていた女子生徒がビクッと身体を震わせた。彼はここがどこだか分かっているのだろうか？

「倉島、迷惑になるから図書室では静かにお願いします」

「そんなことよりどういうつもりだって聞いてるんだよ！」

「倉島、静かにしてくれって言ったの聞こえてないの？　周りを見てみなよ」

大声で怒鳴り散らす倉島に、図書室に残っていた生徒が白い目を向けていた。

「ちっ！」

倉島は盛大に舌打ちして図書室を出ていった。

倉島は本当に自己中心的だ。イケメンで中途半端に人気があり、チヤホヤされているから調子に乗っているようだ。

「みなさんお騒がせして申し訳ありませんでした」

——なんで自分が謝っているのだろう？

ホント迷惑な奴《やつ》だなと、遠山は倉島が出ていった図書室の扉を見つめ改めて溜息をついた。

「遠山くんお疲れさま。あとは引き継ぐから教室に戻っても大丈夫よ」

「はい、分かりました。あとお願いします」

宮本先生が休憩から戻ってきたので遠山はお役御免となった。

これから午後の授業だが倉島の件もあり、本当に今日は帰りたいと遠山は心から思っていた。

「遠山くん、そういえば図書室の外で倉島くんが立っていたけど待ち合わせ？」

――倉島の奴、大人しく出ていったと思ったら待ち伏せしているのか……本当に面倒だな。

「いえ、そういうわけではないんですが……」

「そう……なんか怒っているような感じだったけど大丈夫？」

「はい、ちょっとくだらないことで言い争いになっただけなので大丈夫です」

倉島は上原が遠山と放課後に出掛けるのを知って、それが気に入らないのだろう。

本当にくだらないことで絡まれている遠山は苛立《いらだ》ちを覚えた。

「何かあったらすぐ先生に言ってね」

さすがに女子生徒絡みで揉《も》めています、などと恥ずかしくて相談できるはずもなく、遠山は頭を抱えた。

「はい、ありがとうございます」

遠山は重い足取りで図書室の出入り口に向かい、ドアを開け様子を窺いながら恐る恐る外へ出た。

——アレ？　倉島の奴いないな……待ちくたびれて諦めたか？

そう考えた遠山は廊下を教室に向かって歩いていくが、途中で後ろから唐突に声を掛けられた。

「遠山、待ちくたびれたぞ。話を聞かせてもらおうか」

振り返ると見たくもない倉島の姿があった。どこかに隠れていたのだろうか？

「で、用件はなに？　もうすぐ授業始まるし手短に頼むよ」

授業が始まるまであと五分くらいだ。

「今日、麻里花《まりか》と出掛けるのを断れ」

まあ、その件だと思っていた遠山だが、いきなり断れとか何様のつもりなのだろう？

遠山は傲慢に振る舞う倉島の神経を疑った。

「それは上原さんが倉島に頼んだの？　それなら僕は別に構わないけど。そうでないなら余計なお世話だよ」

「麻里花は何も言ってない。どうせ、お前が無理に麻里花を誘ったんだろ？　アイツは優しいから断り切れなかったんだろう。お前みたいな陰キャが一緒に遊べるような相手じゃないんだよ」

どこの世界の貴族さまの話をしているのだろうか？　ちょっと意味が分からない。

「なんか誤解してるけど、誘ってきたのは上原さんだからね」

「そんなわけないだろ！　嘘《うそ》をつくな！」

「嘘も何も上原さんに聞けば分かるよ」

倉島は一人でぶつぶつと、そんなわけない……なんでこんな奴に……とか言っている。

「もう用事は済んだ？　授業始まるから僕は教室に戻るから」

このままじゃ遅刻してしまう、こんな奴に構っていられないと遠山は話を強引に打ち切る。

「お、おい待て！　話はまだ終わってない！」

倉島がなんか言っているようだが、遠山は無視して教室へ向かった。

早足で教室に入り、自分の席に戻るなり遠山は机に突っ伏し溜息をつく。

「佑希、なんか疲れてるようだけど大丈夫？　図書委員そんなに大変だったの？」

疲れ果てた遠山を見て千尋が心配そうにしている。

「いや、図書委員はそうでもなかったけど色々とね……」

あのバカのせいで、ただでさえ寝不足なのに本当に迷惑な奴だ。

「そっか、よく分からないけど、お疲れさま。午後の授業が残ってるけどあと少し頑張って」

千尋が笑顔で励ましてくれる。

倉島には千尋の爪の垢《あか》を煎じて飲ませてやりたいと思った遠山だが、やっぱりアイツには勿体《もったい》ないなと思い直す。

「千尋……お前は本当にいい奴だなあ。マジで彼女だったら幸せかも」

倉島のせいで削られた遠山の精神力が千尋に癒《いや》されていく。

「だ、だから僕は男だって言ってるのに……何回も言われると恥ずかしいんだから」

そんな照れている千尋が遠山には天使に見えた。男だけど。

「まあ、それは冗談だよ。僕は少し寝るから先生来たら起こして」

千尋のお陰で癒された遠山は、更なるメンタルの回復を求めて仮眠することにした。

起きたら自分の部屋のベッドだったなんてことはないかな？　などと現実逃避をしたくなった遠山は、夢でありますようにと願って教室で眠りについた。


昨晩の高井との情事、朝の菜希の奇行、昼の倉島の迷惑行為と昨日から体力と精神力を削られて寝不足の中、授業中にうつらうつらと船を漕《こ》ぎながらも、遠山は何とか午後の授業を終えた。

遠山はこれから上原と放課後に出掛ける約束をしている。

だが倉島にそのことがバレ、昼休みに絡まれるハメになった。アイツはどれだけ嫉妬深いのだろうか？　それだけ上原に執着しているということだ。

そんな事情もあり、遠山は正直なところ上原と二人で出掛けるのは気乗りがしなかった。しかも彼女のファンはクラス内のみならず下級生から上級生まで数多い。彼らに知られればこれまた面倒なことになるのは間違いない。

上原と関わりができてしまってからというもの、平穏な生活が脅かされ始めていることに遠山は危機感を覚えた。

遠山は上原のことが嫌いではない。むしろ好ましく思っている。見た目は派手だが可愛《かわい》くて美人であり、スタイルも抜群で性格は優しく人気があるのも頷《うなず》ける。

上原と親しくしたい、付き合いたい、そしてセックスしたいという願望は男として当たり前だと考える。実際、彼女の周りには、そういった気持ちで群がる男子生徒も多いだろう。そして倉島がその最たる人物なのは間違いない。

遠山はといえば上原と仲良くできるが平穏が脅かされるのと、関わり合わずに平穏に過ごせることを天秤《てんびん》に掛けたら、迷わず後者を取るだろう。なぜなら遠山は高井との関係に満足しているからだ。

高井とは好きだとか愛しているだとか、甘い言葉を囁き合う関係ではないが、彼女と繋《つな》がっている時、遠山はとても満たされている。

高井としか経験がない遠山だが、身体の相性が非常に良いのだろう。

そういった理由もあり、遠山は上原と特に仲良くなりたいと思う理由が希薄なのだ。

どうせなら千尋のように本音で話し合える友達が欲しい、とさえ思っていた。

上原とならもしかすると良い友達になれるのかもしれない。でも、スクールカーストという壁がその邪魔をする。倉島と遠山は相容《あいい》れない。それが現実だ。

遠山――

「遠山、聞こえてる？」

後ろから肩をちょんちょんと突《つつ》かれ、物思いに耽《ふけ》っていた遠山は我に返った。

――上原さん？

「あ、ごめん。少しボーッとしてた」

上原は何回も遠山に声を掛けていたようだが、自分の席に座ったまま全然反応がなかったらしい。もしかして半分くらい寝ていたのかもしれない。

「遠山の反応がないから寝てるのかと思った」

「ちょっと上原さんのこと考えてたんだけど、半分夢の中だったのかも」

「え？　私のことって……えと、どういう……」

上原は少し驚いた表情で頬《ほお》を薄《うっす》らと赤く染め、恥ずかしそうに俯《うつむ》いた。

「え、えーと……上原さんと放課後どこに行こうかなって考えてたんだよ。別に変なことを想像してたわけじゃないから」

もしかすると変な誤解を与えてしまったかもしれないと遠山は焦ったが、上原のことを考えていたというのは間違いなかった。

「あ、そういうことね……それでどこに行くか決まった？」

上原は少し残念そうな表情を浮かべた。

「うん、上原さんがオススメの本を聞きたいって話だったし、本屋でも行ってみようかなって」

「うん、それじゃ駅前に大型の書店があったでしょ？　えっと……なんて言ったっけ？」

「ああ、反省堂《はんせいどう》のことだね」

「そう！　反省堂！　そこに行きましょう」

こうして行き先が決まり遠山は急いで帰り支度をして席を立ち、周囲を見回しながら上原と二人並んで教室の出入り口に向かった。

やはり遠山と上原の取り合わせは珍しいようで、他の生徒に注目されているのが分かる。見た目が華やかな上原と地味な遠山とでは、系統が違い過ぎるから当然といえば当然だ。

——そういえば倉島の姿を見掛けなかったな……

上原と帰る前に絡まれて、ひと悶着《もんちゃく》あるかと警戒していた遠山だったが杞憂《きゆう》に終わるようだ。

そして高井は——

もう教室にはいないようだ。

高井は放課後に図書室で本を読むのが日課なので、もう図書室に行ったのかもしれない。

遠山は上原と二人で教室から出ようと歩き始め、ドアの前に差し掛かった。と同時に別の生徒が教室に入ってきたので、遠山たちはドアの前で足を止めた。

——高井⁉

見覚えのある黒髪に眼鏡、教室に入ってきた彼女はドアの前で足を止めていた遠山と上原を一瞥《いちべつ》し、何もなかったように横を通り過ぎた。

高井と入れ替わりに遠山と上原は教室を後にした。

高井は遠山と上原が二人して出掛けるのを見て、何かを思ったのだろうか？

恋人同士でもないセフレという関係だからなんの感情もない、と高井は言っていた。

だから遠山も気にしないことにしている。

高井とはお互い都合の良い関係……ただそれだけだと遠山は自分に言い聞かせた。

「そういえば私、高井さんとはほとんど話したことがないんだよね。遠山は図書室とかで少し話をしたことあるみたいだけど、どんな人？」

　上原がなぜ高井に興味を持ったのか分からないが、遠山と高井の関係を疑って探っているといった様子ではない。

「僕も本の話をするくらいでよく分からないかな」

　遠山も高井のことは、家庭事情が複雑だということ以外はほとんど知らない。彼女は自分のことを話そうとはしない。

「そっか……私も本に詳しくなれば話せるかな？」

「上原さんは高井と話してみたいの？」

「まあ、クラスメイトだし仲良くしたいじゃない？　でも高井さん普段一人だし、何を話していいか分からないから本はキッカケになるかなぁって」

　やっぱり上原は誰に対しても偏見がなくて良い人だ。

　どうして倉島なんかとつるんでいるのか理解に苦しむ遠山だった。

「なるほど……だから本について僕に聞いてきたんだね」

　それなら読書に興味がなさそうな上原の行動にも納得がいく。

「いや、別にそういうわけじゃなくて……遠山が……その……」

　上原が何かを言い難《にく》そうにモジモジとしている。

「え？　僕がなに？」

「なんでもない！　バカ！」

――なにか怒らせるようなことをしたのだろうか？

女性の心の機微を察することができない遠山は女性経験はあっても、恋人のいたことがない非モテの陰キャなんだと再認識する。

そんな話をしながら上履きからローファーに履き替え、二人で校門を抜けた。その間にも他の生徒からの視線を感じた遠山は、改めて上原の人気をその肌で感じた。

上原は注目されていても特に気にする様子もなく、どこまでいっても飾ることなく自然体だった。

――なるほど……モテるわけだ。

こうして話すようになって初めて上原の魅力に遠山は気付いた。

遠山と上原は学校を出て駅まで二十分ほどの道のりを歩いている。

「それで上原さんはどんな本が好みなの？」

遠山たちが向かっている反省堂は、売り場が五階まである大型の書店で、探す手間を省くためにある程度、どのジャンルの売り場に行くか事前に決めておく必要があった。

ライトノベルや文芸作品など、小説といってもジャンルは多岐にわたる。それらの売り場を一つ一つ見て歩く時間はなさそうだ。

「うーん……私は小説なんて普段読まないからなぁ……読書感想文の宿題とかで読むくらい？」

そうなると文体の軽いライトノベルやキャラ文芸の方がいいかなと、遠山は絞り込んでいく。

「ジャンル的には何が好き？　例えば恋愛とかミステリーとか」

「やっぱり恋愛モノが好きかなぁ。恋愛モノの映画はよく観《み》るよ。あと冒険モノみたいなファンタジー映画も好き。ホラーとかグロいのは苦手」

上原の好みはごく一般的な感じだった。

上原にオタク要素があればラブコメや令嬢モノもオススメできるので、その辺の売り場にも行ってみようと遠山は計画を立てる。

遠山はアニメも観るしライトノベルも好んで読むオタクだ。それを上原に隠すつもりはないし、オタクは無理と言われればそれまでの関係だと割り切っている。趣味が合わないのに無理に付き合う必要はない。

上原の好みなどを聞きながら歩いていると時間が過ぎるのも忘れ、あっという間に駅前に到着した。

遠山は徒歩通学なので駅は利用していないが、大型書店から家電量販店までなんでも揃っていて駅の周辺はかなり栄えている。

その駅前から数分歩いたところに目的の反省堂がある。

「わあ、本当にこの本屋さん大きいね」

反省堂の建物を目の前に上原が驚きの声を上げた。

紙の本が売れないと言われている昨今、テナントに百円ショップやカフェも入ってはいるが、五階建てのビル丸ごと一棟が本屋というのは凄《すご》いのではないだろうか。

学校から反省堂まで歩いてくる間に聞いていた上原の話を参考に、ライトノベル売り場に二人は足を運んだ。

「上原さんのようにあまり本を読み慣れてない人は、ラノべがいいんじゃないかな？」

遠山は上原をライトノベル売り場に案内した。

「うわ！　表紙とかこんなエッチで大丈夫なの？」

カラフルな表紙の本が平積みになった売り場を目の前に、上原はライトノベルの表紙のイラストを見て目を丸くしている。

ライトノベルはやはり男性向けの娯楽作品なんだな、と遠山は再認識させられる。

「ラノべはこんな表紙の作品が多いかな。特に異世界モノと言われてるジャンルは特にね。ラブコメとかは普通に制服姿だったりするけど」

「へぇ……でも、イラスト可愛《かわい》いね。っていうかオッパイでか！　こんな大きい高校生なんていないよ。ラノベのヒロインってみんな巨乳なんだ？」

　──いや上原さん、あなたも負けずに大きいと思います。

　遠山はとても口には出せないが、制服を大きく持ち上げた上原の胸元を見て小さく頷《うなず》いた。

「まあ、現実サイズでの巨乳が普通っていうの？　ラノベ界隈《かいわい》ではこのくらいだと普通サイズかな」

　遠山は平積みになったライトノベルの、表紙に描かれた女の子のイラストを指差す。

「ええ!?　これは巨乳の部類だよ。これが普通だとしたら現実の女子はほぼ貧乳になっちゃう」

「まあ、創作物だからね。基準はラノベを買う層の嗜好《しこう》に合わせてあるんだと思うよ」

　ライトノベルのターゲット層は、中高生から社会人まで幅広いが主に男性だ。

「ふーん……男子は大きい方が好きなんだ？　遠山も大きい方がいい？」

　上原は上目遣いで何とも返答しにくい質問を遠山に投げ掛けてきた。

「いや、まあ……嫌いじゃないけど小さいのも好きだよ」

　遠山が唯一知っているオッパイといえば高井のものだが、彼女はハッキリ言ってそれほど大きくはない。

　だけど柔らかいし感度も良い。挟もうと思えばギリなんとか挟める。だから特に大きくなくても良いかなと遠山は思う。

「ふむふむ、遠山は小さいのが好き……と」

上原は下を向き、自分の胸をジーッと見つめている。

どうやら上原は、遠山が小さい方が好きと誤解しているようだ。

「そういえば上原さんはこういうイラストとか大丈夫なの？　中には嫌悪感を抱く人とかもいるけど」

今の話の流れからしても普通に表紙のイラストを見ていたし、遠山とも話をしていたので大丈夫そうではある。

「私は別に大丈夫だよ。というか好きな方かな。マンガとか読むしね」

「上原さんが萌《も》え系のイラストが苦手じゃなくてよかったよ。これで色々な本をオススメできるよ」

「私、こういう話って他の同級生とは話さないんだ。なんか他の男子は私の胸とかガン見してくるし、ガツガツしてていやらしい目で見るからイヤ。でも遠山は私と話しててもそういう目で見ないから安心できる」

確かに巨乳とか貧乳とかオッパイとか平気で会話しているのに、上原と遠山は普通に話せている。

中高生くらいの思春期の男女だと、こういう話は恥ずかしくて避ける話題だ。

「昨日、遠山は大人っぽいって話をしたと思うんだけど覚えてる？」

そういえばそんな話をしたような気がすると、遠山は今までの上原との会話の記憶を探る。

「なんとなく」

「クラスで私の周りの男子は子供っぽいし下心丸出しなの。だから本当はあまり関わり合いたくないんだけど、そのグループの女子と私は仲が良いから、どうしても抜け出せなくて」

倉島を筆頭とするグループだし、遠山にはどんな感じか大体は予想がついていた。

遠山に余裕があるように見えるのは、やはり高井の存在が大きい。定期的に性欲を発散することができるから、一生懸命女子にアピールする必要がない。

「グループの中心の倉島がアレだからなぁ。カーストとかホント面倒だな」

カーストのような仲良しグループから抜けると、ボッチになるかイジメられるかのどちらかになる可能性が高い。学園生活を平穏に過ごしたいなら、どこかのグループに入るしかない。

「まあ、でも仕方がないんじゃない？　集団ってそういうもんだし。そこは上手《うま》くやればいいと思うよ」

「遠山が羨ましいな。そういうのに縛られないで自由だし」

「その代わり僕は友達が千尋しかいないけどね。結局そういうのはトレードオフだよ」

「トレードオフって？」

「僕はグループに縛られず自由だけど、友達がいないから修学旅行やイベントの時にボッチだ。でも上原さんは友達が多いからイベントでも一人になる心配もなく楽しめるけど、グループに縛られて不自由だ。そんな感じかな？」

「遠山ってさ……本当に大人だよね。そういうところ私は良いなって思う」

大人というのとは違うのではないだろうか。社会の縮図である学校生活で馴染《なじ》んでいない時点で、人として失格なのではないかと遠山は考える。

「僕は別に大人なんかじゃないよ。ただ面倒くさいことから逃げてるだけだ。大人なら協調性を身に付けてクラスでも上手く立ち回れるはずだと思う。だから僕なんかより上原さんの方がよっぽど大人さ」

「そういうものなのかな？　私にはよく分からないや」

「僕は本を読む機会が多いから知識は多いけど、ただの生意気な高校生だと思うよ」

「ふふ、確かに理屈っぽくて生意気な男子っていうのは間違いないわね」

上原は楽しそうに微笑《ほほえ》んだ。

「そこは否定してくれてもよかったんだよ？」

「ほら、私は正直者だから嘘《うそ》はつけないんだ」

「確かに正直者っていうのは否定できないかな。上原さんは裏表のない人だし」

「それは遠山の前だけだよ。あのグループだと気を遣うし、表面上は色々と作ってるから」

遠山の前では裏表はない素の上原ということらしい。

上原も色々と苦労しているようだ。それでも抜けられないのがカーストという村社会なのだろうか。

「本の説明していたはずなのに、話が大分脱線しちゃったし、上原さんどうしようか？」

上原の言う通り遠山は少し理屈っぽい。

遠山自身も同級生に対して、偉そうに語ってしまい少し恥ずかしかった。

「遠山のように大人になれる本を私は所望します！」

「それなら学校の図書室の本を読みまくれば、僕のように表面上の知識だけは増えるよ」

「遠山みたいにボッチになっちゃうのかぁ、それはそれでイヤかも」

「僕がボッチなのは否定しないけど、本を読んでいるからボッチになったわけじゃないか

らね？　ボッチなのは元々だから」

「それって自虐ギャグなのか判断に迷うわね」

そう言って上原はクスクスと笑っていた。

その笑顔は男なら誰でも見惚《みと》れてしまうような表情だった。これが教室では見ることが

できない、遠山の前だけの素の表情というやつなのだろうか。

遠山たちは結局何も買わずに反省堂を後にした。もっと話したいと上原が言うのでカフェに移動し、他愛《たわい》もない会話に花を咲かせ、その日はお開きとなった。

本選びという当初の目的は、学校の図書室の本を遠山がチョイスして上原が借りるということで解決した。あまり過激な内容と表紙の作品は置いてないが、学校の図書室にもライトノベルは置いてあるのだ。

それを知った上原の驚きようといったら、遠山は思い出しただけで顔がニヤけてしまうほどだった。

◇

上原と遠山が二人で反省堂に行った直後から、遠山が図書委員の当番の時は彼女が度々図書室に顔を出すようになった。

「遠山！　返却に来たよ」

上原が返却した本は学校図書室にこんなの置いてあるんだ？　と言われてもおかしくないようなライトノベルのラブコメだ。今では上原もすっかり読書にハマったようで、結構なペースで本を借りに来ている。

遠山は最初に上原へ純愛系のラノベを選び読んでもらったのだが、面白かったと評判も良かった。それからラブコメなどの恋愛系を薦めてみたが、意外と読めるようだった。

「ラブコメのヒロインみたいな女子って普通いないよね。男子は女の子に夢見過ぎ」

などと夢見る男子に現実を突き付けるようなコメントを残し、図書室を去っていくこともよくある。

上原は着々とオタクへの道を歩みつつあった。

そして高井は遠山がいようがいまいが図書室の住人なので、必ず放課後はいると言ってもいいだろう。そんな彼女に上原は最近よく話し掛けるようになった。

「ねえねえ高井さん、この小説面白いよ。読んだことある？」

純愛系のラノベを差し出す上原、横目でそれ見やる高井の二人を遠山は微笑ましい気持ちで眺めていた。

「私はそういうのは読まないから。上原さん図書室で私語は厳禁よ。読書の邪魔だからもう話し掛けないでね」

二人のやり取りはこんな感じで、ひと言ふた言、言葉を交わして高井が一方的に終了するパターンだった。

それに高井は青春系の恋愛小説は読まない。高井はドロドロとした大人の物語が好みなのだが、上原は彼女の好みをまだ理解していなかった。

上原は高井の塩対応にもめげず、会う度に彼女の本の好みを探ろうとしていた。

「はぁ……今日も高井さんの好みが分からなかった。高井さんが図書室で読んでる本は難しくて私には無理」

高井が図書室で読んでいる本は純文学や哲学書が多い。読書ビギナーの上原には敷居が高いのかもしれない。

「ねえ遠山、高井さんって他にどんな本を好んで読んでるの？　教えてよ」

「今、高井が読んでるタイトルを教えてもらえば？」

「アレは私には難しくて分からないの！　もっと一般的な小説とかの話だよ」

「高井と仲良くしたいなら本人に聞かないとね」

当然、遠山は高井の好みを知っているが、上原が本人から聞き出さないと意味がないと思っているので教えることはない。

「もう……遠山のケチ！」

高井が上原に心を開いて仲良くなってくれればと遠山は思っている。高井は複雑な家庭環境の中で、失っている心の何かを、遠山との関係で埋めているように感じる。

だがそれは一時的なものに過ぎない。埋めた穴はすぐに開いてくる。遠山はただの高校生で高井にしてあげられることには限界がある。求められた時に応じるくらいのことしかできない。

高井は遠山に本心を語ろうとしない。高井はたぶん、遠山にそういう役目は求めていないのだろう。

でも、上原のような偏見なく接してくれる同性の友達がいれば、何か違ってくるのではないかと遠山は思っている。せめて話を聞いてもらえる相手さえいれば……もしかして何かが解決して遠山は必要なくなるかもしれない。

遠山はそれでもよいと思っている。それが普通のことなのだから。

◇

遠山が業務担当の昼休み、図書室には高井の他に誰も生徒はおらず二人きりだった。

「この本の貸し出しをお願いします」

高井が持ってきた本の貸し出し処理を終えた遠山は、彼女に本を差し出す。

「返却は二週間後になります」

高井は本を受け取らず遠山の手首を摑《つか》み自分の方に引き寄せた。遠山は前のめりになり高井とキスできるくらい顔が近付くと、彼女からふわりと良い匂いがした。

そして高井は形の良い唇を遠山の耳元に寄せ呟《つぶや》いた。

「ねえ、佑希」

「な、なに？」

「あの子どうして私に構ってくるの？」

「上原さんのこと？」

上原本人は高井と仲良くしたがっていたようだし、高井に言っても構わないだろうと判断した遠山は、彼女が言っていたことを教えた。

「高井と仲良くしたいんだって」

「どうして？」

「さあ、僕には分からないよ。せっかく同じクラスなんだからとは言ってた」

「ふぅん……変わった子だね」

「そうかな？　偏見もないし良い子だよ」

「……佑希は彼女のことが好きなの？」

「え？　別にそういう感情はないけど……」

「そう」

「どうしたの一体？　そんなこと聞いてくるなんて」

「別に」

「高井ももう少し上原さんに優しくしてあげたら？」

だが遠山のその言葉に返事はなかった。

高井が上原のことをどう思っているかハッキリとは分からないが、上原を気にしていることは確かだ。二人が仲良く話せる日は近いのかもしれない。

第三話　向けられた悪意

I am boring, but my classmates do not know what I am doing in your room.

上原《うえはら》が図書室に通い始めてしばらくすると、昼休みにも彼女は教室の遠山《とおやま》と千尋《ちひろ》のところに来て談笑をするようになった。

「最近昼休みにもこっちに来てるけど、向こうのグループの連中は放っておいて大丈夫？」

「いいの別に。和人《かずひと》が最近特にしつこくてさ。彼氏でもないのに束縛が酷《ひど》くて」

確かに上原が遠山たちの席に遊びに来る度に、倉島《くらしま》はわざわざ彼女を連れ戻しに来ていた。だがここ数日は遠巻きに見ているだけで何もしてこなくなった。諦めたのだろうか？

「この前、遠山が言っていたトレードオフの話だけど、私も自由になる方を選択してみようかと思って」

「トレードオフって？」

隣で話を聞いていた千尋には、単語は知っていても何の話か分からないだろう。

「簡単に言えば上原さんには仲間はたくさんいるけどグループに縛られてるし、僕は自由だけど友達は少ないって話」

千尋には事のあらましをかいつまんで説明した。

「そうだね……言いたいことはなんとなく分かるよ。片方を選択するともう片方の何かを犠牲にしなければならないみたいなやつだね」

千尋は頭が良いから今みたいな簡単な説明でも大方理解はしてもらえたようだ。

「でも上原さん大丈夫なの？　倉島くんが何度も連れ戻しに来てたけど、このままだと彼に嫌われちゃうかもよ？」

千尋は遠山と違い根が良いので、誰かを悪く言うことがない。たとえそれが倉島だとしても。

「嫌われても構わないわ。むしろせいせいする」

「倉島くん随分と上原さんに嫌われちゃったみたいだね」

しかし、あれだけ執着していた上原に対して、倉島が何も行動を起こしてこないのが不気味だった。

遠山はもう一人の自由の人、高井《たかい》を見た。彼女は遠山たちに関わろうとせず変わらず今日も一人だった。

◇

登校した遠山は上履きに履き替えようと下駄箱《げたばこ》を開けた。するとに白いビラのようなものが入っていた。

「なんだろ？」

取り出したビラには、殴り書きしたような文字でこう書かれていた。


『陰キャが調子に乗るなよ』


悪意のある言葉。

——ついに始まったようだ。

遠山が以前から危惧していたことが起こってしまった。

クラスで人気の女子、上原が遠山と仲良くしているのが原因なのは間違いないだろう。

——それにしても手書きとは……筆跡で誰が書いたか特定できるというのに犯人は結構間抜けだな。

手書きのビラの嫌がらせは感情的になって後先考えずに起こした行動だということが窺《うかが》えた。

これをやったのは個人なのかグループなのか分からないが、いずれ分かるだろうと遠山は嫌がらせをされたにもかかわらず冷静に分析していた。

遠山はこの程度では何とも思わなかったが、上原には知られたくなかった。上原の性格からして、自分のせいだと責任を感じてしまうかもしれないからだ。

遠山が一番恐れているのは、自分以外の人が嫌がらせの標的になることだ。

一番身近な千尋のことが心配だが、彼は遠山と違い人当たりも良く、他の生徒と万遍なく仲良くしている。だから大丈夫……だと遠山は思いたかった。

遠山はその日、警戒を忘れず過ごし、何事もなく無事に一日を終えることができた。

◇

遠山の下駄箱に彼を誹謗《ひぼう》する内容が書かれたビラが入っていた翌日、遠山は登校して慎重に下駄箱を開けた。上履きがある他に何も入っていない。念のため上履きを調べてみるがイタズラされたような形跡はない。

遠山はホッと胸を撫《な》で下ろし教室に向かった。

教室に入った遠山は前の席の千尋がまだ来ていないことを確認し、机にカバンを置き椅子に腰掛けた。

遠山はカバンを開け一限目の授業の教科書を取り出し、机の中に入れようとしたが、机の奥で何かが支《つか》えて教科書が入らなかった。

机の中を覗《のぞ》き込んでみるとそこにはゴミが詰め込まれていた。取り出してみるとお菓子の袋や紙屑《かみくず》といったゴミで、教室に置かれているゴミ箱の中身を突っ込んだようだ。

——この嫌がらせをしたのは下駄箱にビラを入れた奴《やつ》と同一人物なのか？

どのみちビラとゴミの嫌がらせは同一人物か同一グループの仕業だろう。

だがコソコソと隠れて何かされるより、直接嫌がらせを受けた方が相手に反撃もできるのでできればそうして欲しいとさえ遠山は思っている。

そんな嫌がらせをされている割に遠山は冷静だった。もし暴力に訴え出てもやり返すつもりでいるからだ。

「佑希《ゆうき》、おはよう……あれ？　怖い顔してるけど何かあった？」

登校してきた千尋が遠山の顔を見るなり違和感に気付いたようで、心配そうに顔を覗き込んできた。

「いや別に何もないよ。授業を受けるのが面倒くさくてさ、帰りたいって思ってただけだよ」

遠山は慌ててゴミを机の中に押し込み、何事もなかったように振る舞った。

「でも思い詰めたような表情だったから……何か悩みがあったら話してね」

「もちろんだよ。僕には千尋しか相談する友達はいないからね」

場を和まそうと遠山は自虐ネタで返事をした。

「そんなことはないと思うよ。今の佑希には上原さんがいるじゃない」

千尋は遠山にはもう上原がいると言っているが、当の本人は友達という感覚はまだ持っていなかった。

最近はお昼を千尋と三人で一緒に食べたりしているが今ひとつ実感が湧かないのだ。

そして遠山はもう一人のクラスメイト、高井に目を向けた。

高井はいつもと変わらず一人で静かに本を読んでいた。


遠山は授業に集中できないまま、お昼休みを迎えた。いつものように上原が遠山と千尋の席にやってきてお弁当を広げる。

今回の嫌がらせは上原が原因であると思えるが、もちろん彼女に罪はない。だが、これ以上遠山と関わることにより、彼女に嫌がらせの矛先が向く可能性も否定できない。だけど自分と一緒にいない方がいいと彼女に伝えるのも難しい。

そのことを考えると今まで通り、普通に接して様子を窺うほかないと遠山は結論付けた。

だが、今日の昼休みはいつもと違っていた。スマホを見ながら生徒同士ヒソヒソと噂《うわさ》話《ばなし》をするように遠山たちを見ていた。その眼差《まなざ》しには軽蔑や敵意のようなものも含まれていると遠山は感じた。

今までも上原が遠山たちの輪に加わってから、多少注目を浴びるようなことはあったが、それとは何か違う注目のされ方のような気がした。

「なんかみんなの様子が変だね。ぼくたち注目されているような気がする」

「うん、なんか凄く嫌な感じ」

千尋と上原もクラスの様子がいつもと違うことに気付いたようだ。

「麻里花《まりか》、ちょっといい？」

いつもと違う注目をされ戸惑っている遠山たちに、クラスメイトの相沢美香《あいざわみか》が声を掛けてきた。相沢は倉島と同じ上位カーストで上原と仲良くしている姿を遠山はよく見掛けていた。

「美香？　どうしたの？」

「話したいことがあるんだけど……教室だと目立つから外に出ない？」

「う、うん分かった」

「あ、遠山も一緒に来て」

「えっ？　僕も？　なんで？」

「いいから黙ってついてきなさい」

相沢は小柄の女子で腰まであるそうな髪の毛をツインテールにしている。その見た目とは裏腹に姉御肌で面倒見が良く、物事をハッキリと言うタイプだと遠山は噂に聞いていた。

「は、はい……分かりました」

相沢にジロリと睨《にら》まれた遠山は蛇に睨まれた蛙《かえる》のように、大人しくついていくことを余儀なくされた。

「沖田《おきた》くんごめん。二人とも借りていくね」

「うん、佑希のことはお手柔らかにお願いします」

何を言われるのか分からずビクビクしている遠山を見た千尋は冗談っぽく言った。

「べ、別に取って食おうってわけじゃないから！　ほら二人とも行くよ」

相沢は恥ずかしそうに遠山と上原を引き連れ教室を出ていった。


「もう、これじゃ私が二人を呼び出した怖い人みたいじゃない……まったく」

相沢はブツブツ言いながら遠山と上原の前を歩き、廊下の突き当たりにある自販機の前までやってきた。

「それで美香、話って？　教室で話せないようなことなの？」

「昼休みの教室の雰囲気がおかしかったことに麻里花は気付いてた？」

「なんとなくだけど……いつもと雰囲気が違うかなぁとは感じた」

「遠山は？」

相沢は遠山を一瞥《いちべつ》し見解を求めてくる。

「僕も上原さんと同じかな。いつもと違う注目のされ方っていうか、そんな感じ」

「そう……二人とも知らないみたいだね。これを見て」
相沢が取り出したスマホの画面を遠山と上原は覗き込んだ。
《ほらクラスの地味な奴いるじゃん、なんて言ったたっけ？　女みたいな男と仲がいい奴》
《遠山のことか》
《そうそう、上原はアイツと付き合ってるって噂だぞ》
《え？　そんなわけないじゃん。全然釣り合ってないぞ》
《駅前の本屋で見掛けたって話も聞くし、遠山が図書委員の時に上原がよく図書室に通ってるらしいし》
《そう言われてみればそうだな》
《本当だったら羨ましいな》
《っていうか何でよりによって遠山なんだ？》
《噂だけだからまだ分からないぞ。おまえら気を落とすな》
「なんだこれ⁉　僕と上原さんが付き合ってるって噂になってるの⁉」
スマホに映し出されていたのは遠山と上原がデキてるという根も葉もない噂話の書き込みだった。

「うそっ⁉　私と遠山が噂になっちゃってるの？」

驚きを隠せない上原であったがその表情はなぜか嬉《うれ》しそうだ。

「さっき昼休みに入った途端、匿名のグループチャットに招待されたの。遠山たちの話だから二人とも招待されなかったみたい」

「だから教室で僕たちは注目されていたのか……上原さんなんかゴメン。変な噂になっちゃって」

「なんで遠山が謝るの？　何も悪いことはしてないじゃない？」

「いや……僕なんかと噂になったら上原さんも嫌じゃないかと思って」

「嫌だなんて全然そんなことないよ！　むしろ私は嬉しい……かも……なーんてね」

上原は少し俯《うつむ》き照れているのか、その声は徐々に聞き取れないくらい小さくなっていった。

「う、上原さん⁉　じ、冗談でもそんなことを言ってると本当に誤解されちゃうよ！」

「そんなこと言わせとけばよくない？　それとも遠山は私と噂になったら嫌？」

上原は上目遣いで遠山の顔を覗き込んだ。

――ち、近い！

遠山は間近に迫った上原のピンク色で柔らかそうな形の良い唇を意識してしまい、思わず目を背けてしまう。

「嫌とかそういうのじゃなくて……その……」

「あーゴホンゴホン……アンタたち本当に付き合ってるの？」

先ほどまでの二人のやり取りを黙って聞いていた相沢はわざとらしく咳払《せきばら》いし、呆《あき》れた様子で疑問を投げ掛けた。

「そ、そんなことないよ!?　僕たち付き合ってなんかいないから！　ね、上原さん！」

遠山は恥ずかしさもあってか必死に否定した。

「そんなに思い切り否定しなくてもいいのに……」

全力で否定した遠山に上原は不満そうだ。

「アンタたち見てると誤解されても仕方ないと思えてきたわ……」

バカップルの痴話喧嘩《げんか》みたいなやり取りだったことを自覚したのか、遠山と上原は反論せずにバツが悪そうに黙っていた。

「ま、とにかく二人はこれ以上変な噂が立たないように振る舞いには気を付けなさいよ」

「相沢さん教えてくれてありがとう。僕も気を付けるようにするよ」

「はーい気を付けます！」

遠山は上原との噂が広がることを懸念し、慎重に行動しようと心に決めたが当の上原は特に気にする様子もなく危機感もなさそうだった。

「この子本当に分かってるのかしら……なにか動きがあったら教えるから」

軽いノリの上原に呆《あき》れ顔《がお》の相沢だが友人を心配しているのが遠山にはよく分かった。

◇

相沢から書き込みのことを聞かされた日の放課後、遠山は高井の部屋を訪れていた。

「今日、なにかあったでしょう？」

いつもの遠山と違うと感じたのか高井が、優しい口調で問い掛けてきた。

「いや……それは……」

遠山が言葉を濁していると、高井はソファーの脇に置いてあった自分のスマホを操作し差し出してきた。

スマホの画面に映し出されていたメッセージを見て遠山は愕然《がくぜん》とした。

高井がグループチャットに招待されていたのにも驚いたが問題はその書き込み内容だ。

――こ、これは……一体どういうことだ？

遠山はそのメッセージを見た瞬間、血の気が引くような感覚に陥った。

グループチャットの内容がお昼休みに相沢から見せてもらった時から更新され、新たな書き込みが増えていた。

《上原さんてヤリマンらしいよ》
《え？　マジで？　頼めばヤラしてくれんの？》
《いや、金取るらしいよ》
《それ、ただの援交じゃん》
《ショックだなぁ、上原さんそんな人だったなんて》
《でもさ金払えばヤラしてくれるなら俺払うよ》
《確かにヤリマンでも顔は良いし身体も最高だよな》
《ホント、あの圧倒的なオッパイは堪能してみたいわ》
《倉島が相手にされないのは、お金を払うのを拒否したかららしいよ》
《マジで？　倉島も可哀想《かわいそう》だな》
《そうそう、上原は遠山と援交してるらしいぞ》
《遠山が上原にお金を渡すところを、校舎裏で見たってクラスの女子が言ってたよ》
《そうじゃなきゃ上原みたいな良い女が遠山の相手なんてしないよな》
《結局、遠山は上原さんと付き合ってるんじゃなくて金払ってんのか》
《そうそう、遠山はカモにされてんだよｗｗｗ》

チャットのログには根も葉もない嘘《うそ》や誹謗《ひぼう》中傷が書き込まれていた。

——な……んだ、これは……。

遠山は心臓の鼓動が大きくなり、自分でも聞こえるくらいだった。

目の前がチカチカして呼吸が苦しくなる。

「今日の昼休みに入った途端チャットに招待された」

高井は遠山たちとクラスでの交流がないためチャットにも招待されたのだろう。

「僕は相沢さんから昼休みに書き込みを見せてもらったけど……その時より書き込みの内容が悪質になってる……」

放課後、図書室で会った時も上原は普通に振る舞っていた。だから新しい書き込みは学校が終わった後に投稿されたものだろう。

——僕だけでなく上原さんまで嫌がらせのターゲットになってしまったというのか？　なぜだ？　彼女はクラスの人気者じゃないのか？　それとも、可愛《かわい》さ余って憎さ百倍というやつなのか？

遠山は苦渋の表情で自問自答を繰り返す。

「僕のせいだ……僕が上原さんと関わらなければこんなことにはならなかった……クソッ！」

遠山は自責の念に駆られ、両手の爪が食い込むほど拳を強く握り込んだ。

落ち込み、項垂《うなだ》れた遠山の頭をフワリと柔らかくて良い匂いが包み込んだ。

「自分を責めないで。佑希は悪くない」

高井が遠山の頭を胸に抱いて慰めてくれている。

「でも、どうすれば……」

遠山は誹謗中傷されようが構わないと思っているが、このままではクラス中の悪意に上原までもが晒《さら》されてしまう。

上原だけでもなんとかしたいと思う遠山だが、どうすればいいのか何も思い浮かばない。

「どうすればいいか私にも分からない。でも今は耐えて。そして佑希は上原さんを守ってあげて」

「……分かった。高井は僕たちとは今までと同じように接して欲しい。高井まで巻き込まれたら僕は悔やんでも悔やみきれなくなる」

「私は大丈夫。今まで通りクラスでは空気のままだから」

そう言って高井は遠山を抱きしめた。

裸のまま二人は抱き合い、高井の胸に顔を埋《うず》めた遠山は心を落ち着かせることができた。

この誹謗中傷はなんとしてでも止めなければ。

そう遠山は心に誓った。

◇

翌朝、遠山は眠い目を擦り、朝食を食べながら昨日起きたことの整理をする。

チャットメッセージで中傷を画策したのは上原に好意を抱いている男子が犯人と予想したが、よくよく考えてみると女子の可能性も視野に入れる必要がある。

メッセージの中のひとつに、

《遠山が上原にお金を渡すところを、校舎裏で見たってクラスの女子が言ってたよ》

という嘘の書き込みがあった。上原に好意を抱いている男子のことを好きな女子が、逆恨みして嘘や誹謗中傷をしている可能性もある。

クラス内の誰かであることは間違いないとは思うが、どうしたら誹謗中傷を止めることができるのか全く見当が付かない。

いきなり壁にぶち当たり、無力感で遠山はキッチンのテーブルに突っ伏した。

「お兄ちゃんどうしたの？　体調でも悪い？」

朝からぐったりしている遠山を見て、菜希《なつき》が心配して声を掛けてくる。

「ちょっと寝不足なだけだから大丈夫」

突っ伏したテーブルの上で顔だけ上げ、心配を掛けないように遠山は努めて平静を装った。

「なんか昨日帰ってくるのが遅かったもんね。ちゃんと睡眠は取らないとダメだよ。睡眠不足は寿命が縮むらしいよ」

昨日は高井と一緒にいた時間が長かったから帰りが遅くなったわけだが、女子と一緒にいたなんて言えない。

「ああ、気を付けるようにするよ。僕が死んじゃったら菜希が悲しむしな」

「そうだよ、お兄ちゃんの匂いが嗅げなくなったら菜希はどうすればいいのよ？」

心配なのは遠山の命より匂いなんだ。

変わり者の菜希らしくて微笑《ほほえ》ましい。お陰で少し活力が湧いてきた。

「菜希、ありがとな」

「うん？　感謝されるようなことしてないよ。お兄ちゃんなんか変」

「いや、菜希にはいつも元気を貰《もら》ってるよ」

遠山は菜希の頭にポンと手を乗せた。

「ちょっと、子供扱いしないでよ!?」

菜希は恥ずかしそうに、それでいて嬉《うれ》しそうに破顔した。

そうこうしている間にも時間は過ぎ、そろそろ家を出なければ遅刻してしまう時間だった。

——学校に行くのが怖い。

遠山だけが嫌がらせを受けるのは別に構わない。

だけど周りの大切な人たちが傷付くのが怖い。

遠山は上原を守ると高井と約束した。

だから——

遠山は歯を食いしばってでも学校に行かなければならない。

上原を悪意から守るために。

「それじゃ行ってくるよ」

「あ、菜希も一緒に行く！」

中等部とはいえ同じ敷地内にある同じ学校だ。誰が見ているか分からない以上、菜希と一緒に遠山が姿を現すわけにはいかない。

「ゴメン一緒に登校できない。悪いけど菜希は一人で行って欲しい」

「え⁉　どうして？　やっぱりお兄ちゃんなんか変だよ。理由を教えて」

「それは言えない。僕は菜希が大切だから一緒に行けないんだ。それは分かって欲しい」

理由を話したら菜希は憤慨し、必ず何かしらの行動を起こすだろう。その行動を察知した犯人が菜希もターゲットにしてくる可能性がある。これ以上誰も巻き込みたくない。

「……分かった。お兄ちゃんがそこまで言うのなら、もう聞かない」

「うん、聞き分けの良い子は好きだよ」

何とか菜希を説得することができた遠山はホッと胸を撫《な》で下ろす。

「じゃあ、僕は先に行くからね」

「うん、分かった」

こうして遠山は菜希と別々に登校することとなった。

学校に到着すると遠山は下駄箱《げたばこ》に何もないことを確認し、上履きに履き替え教室へ向かった。

遠山は教室の前で深呼吸し、意を決して教室の中に一歩踏み込んだ。

——っ！

教室に入るなり一斉に生徒の視線が遠山に集まる。ほとんどの生徒があのメッセージのやり取りを見ているはずだ。その大部分は嘘の話を信じていることだろう。

教室内を見回してみたが上原の姿は見えない。まだ登校していないようで遠山はホッと胸を撫で下ろす。

だが上原は、この好奇の視線に耐えることができるのだろうか？

地味な陰キャと呼ばれ、普段からそれを受け流している遠山ですら気持ち悪さを拭えない。

遠山はその好奇の視線の中、自分の席まで歩いていく。

家を出たのが遅かったからか、今日は千尋の方が先に教室に来ていた。

「千尋、おはよう」

遠山はイスに座り、前を向いて座っている千尋の背後から声を掛けた。

「佑希？　おはよう……」

振り向いた千尋は明らかに浮かない表情をしていた。

昨日見たメッセージでは千尋の悪口や誹謗中傷は〝女みたいな男〟と呼ばれていたひとつだけだった気がする。

「千尋もグループチャットのことを知ってるみたいだね」

「うん……僕はチャットに招待されなかったから知らなかったんだけど、クラスの友達が教えてくれたんだ。その様子だと佑希も内容を知ってるんだね？」

「もちろん知ってるよ」

「あんな嘘を書かれて佑希は大丈夫？　このままだとクラスのみんなに誤解されたままになっちゃうよ。何とか誤解を解かないと」

「僕は大丈夫だけど上原さんが心配だよ。根も葉もないことを一番多く書かれてるのは彼女だから」

遠山に向けてヒソヒソと話をしていたクラスメイトの視線が、教室のドアに集まった。

上原がドアから教室に入ってきたからだ。クラスの生徒から注目を浴びる彼女はいつもと変わらないように見えた。

——もしかして、まだ知らない？

上原はヒソヒソと話をするクラスメイトに注目されたまま、何事もなかったかのように自分の席に座った。

遠山は声を掛けるべきなのか判断に迷っていた。

——どうする？　上原さんに話を聞きに行くか？

デリケートな問題に悩んでいると、担任の宮本《みやもと》先生が無情にも教室に入ってきてしまった。

——クソッ！　タイミングを逃した！

遠山は自分の判断の遅さを棚に上げ悪態をついた。

「佑希、落ち着いて」

遠山の様子を見ていた前の席の千尋が焦らないで、と呟《つぶや》いた。

まだ学校は始まったばかりだ。今すぐどうこうなるわけじゃない。休み時間か昼休みになったら上原に声を掛けよう。

遠山は深呼吸をして心を落ち着かせる。

結局、遠山は休み時間、上原に声を掛けることができないまま、昼休みになってしまった。

いつもは遠山たちの席にやってくる上原が今日は来ない。

遠山は上原の席に目をやると……親友の相沢と話をしているようだ。

「上原さん、ちょっといい？」

このままでは埒《らち》があかないと、遠山は意を決して相沢と話している上原に声を掛けた。

「遠山……美香、ゴメンちょっと行ってくる」

「相沢さん、話してるところ割り込んでゴメン」

「別に気にしないで。いってらっしゃい」

急に割り込んだにもかかわらず相沢は気を悪くした様子も見せず、手をヒラヒラと振って自分の席に戻っていった。

「上原さん、ここじゃ何だから教室を出て他のところに行こう」

「うん、その方が良さそうだね」

上原はクラスを見回しそう答えた。自分たちが注目され興味の対象になっているのを理解しているようだった。

上原が席を立ち遠山と並んで教室の出入り口まで歩いていく。

『おい、あの二人……メッセージの話は本当なのかな？』

『校舎裏でお金の受け渡しするんじゃない？』

『いや、学校でそんなことするわけないだろ。アレはデマだって』

などと聞こえてきた。まだ噂《うわさ》は半信半疑といった様子だ。

ヒソヒソと会話をするクラスメイトたちを横目に、遠山と上原は教室を出た。

「上原さん、大丈夫？」

「う、うん……大丈夫」

上原は口では大丈夫と言ってはいるものの、いつものような活発さがなく疲れているように感じた。

「上原さんは何飲む？　奢《おご》るよ」

教室を出た遠山たちは昨日、相沢と一緒に話した廊下の突き当たりにある自販機の前に来ていた。

「ええ、悪いよ。それくらい自分で払うよ」

「僕が誘ったんだから払うよ」

上原は口を閉じ、一瞬考える素振りを見せたがすぐに口を開いた。

「そっか、それじゃあ……ミルクティーで」

遠山は飲み物を購入し上原に渡した。

「ありがとう。なんか遠山って女慣れしてるよね。僕が誘ったんだからとか恥ずかしげもなく堂々と言えるとか」

「それくらい普通だと思うけど……？」

「そうでもないよ。私の前に来るとモジモジして、何を言ってるか分からない男子とか結構いるし」

「まあ、その男子の気持ちも分からないでもないけどね」

「どういうこと？」

「その男子生徒にとって上原さんは高嶺《たかね》の花と思い込んでいて、いざ本人を目の前にすると緊張しちゃうんだよ」

「ええ？　私は別にアイドルじゃないし普通の女子だよ」

上原は自分の魅力に気付いていないようだ。その辺の有象無象《うぞうむぞう》の男子にしてみれば彼女にしたくても手の届かない存在だ。

倉島はなまじモテるので自信過剰になり、そういう感情は持ち合わせていないだろう。

「上原さんは自分でそう思ってるかもしれないけど、周りはそう思ってないってことだよ」

「うーん……そういうもの？」

上原はいまいちピンとこないようだ。

「上原さんは美人で可愛《かわい》いし性格も文句なしに良いよ。クラス内の男子にとっては彼女にしたい人ナンバーワンじゃないかな」

「え？　え？　と、遠山……そ、そんなに褒められると私どうしていいか……」

いきなり遠山に褒めちぎられて戸惑う上原。こういう自信過剰じゃなく控え目なところもまた彼女の魅力なのだろう。

「と、遠山も……その……か、彼女にしたいと思ってる、の？　な～んて……」

あれ？　変なところで誤解させちゃったかな？　上原は頬《ほお》を赤く染め上目遣いで遠山に聞いてくる。

「あ、いや一般的にそうだなって話で僕の話ってわけじゃないからね」

「そ、そういうことね……」

上原は残念そうにガックリと肩を落とした。

「そ、それで上原さんの魅力についてなんだけどさ」

「ま、まだこの話は続くの？　私、恥ずかしいんだけど……」

持ち上げられ過ぎて本人は困惑気味だ。でもこの話は今起こっている誹謗《ひぼう》中傷にも繋《つな》がる話だから避けることはできない。

「これからが本題なんだけど、上原さんは僕と付き合っているという噂以外にも新しい書き込みが増えてるって気付いてる？」

隠してても仕方がないので遠山は核心から話し始める。

「うん……昨日の夜に美香からスクショで見せてもらったから知ってる」

高井が遠山に教えてくれたように上原には相沢が味方になっているようだ。

「なら話は早い。この件はハッキリ言ってしまうと、さっき話した上原さんの人気を逆恨みした女子か、その人気の上原さんと、最近仲良くしてる僕に嫉妬した男子の仕業に間違いないと思う」

「そんな……私たちは何もしていないのに……どうして……」

残酷であるが事実を知った方がよいと、遠山はオブラートには包まず正直に話した。

「じゃあ……遠山を巻き込んでしまったのも私のせいなんだ……」

予想通り上原は自分のせいで遠山を巻き込んだと勘違いしている。

「それは違う！　僕が標的にされたのは陰キャと呼ばれ地味だからだ。倉島と仲良くしていた時は何もなかっただろう？」

「確かに……」

「自分より倉島の方が上だと認めている人間は、イケメンでモテる彼なら仕方がないと思っているけど、自分より下と思っている僕が、高嶺の花だと思い込んでいる上原さんと仲良くしていると、なんでアイツがって妬み、そして恨みになったんだ」

今回の誹謗中傷はまさにこれだ。だから遠山が招いたことでもある。

「だから今回のこの件は僕に原因がある。上原さんを巻き込んでしまってゴメン」

「ううん……遠山は悪くない。人に上とか下とかそんなのないのにどうして？　こんなことがいつまで続くのかな……」

日向《ひなた》を歩いてきた上原には理解できないかもしれない。でも日陰者の遠山は身をもって経験している。

「こうなってしまったことは仕方がないんだ。だから、これからどうするかを考えよう」

「そうだね……それでどうしたらいいの？　私には何をどうすればいいか分からないの」

上原は憔悴《しょうすい》しきった表情でポツリと呟いた。

そんな悲しみに暮れた上原を見た遠山は必死に考える。

これ以上、上原を悲しませたくない。この状況を打破する何か良い方法はないのかと。

二人の間に沈黙が流れたが何かを思い付いたのか遠山はハッとした表情を浮かべ、ようやくその重い口を開いた。

「……上原さん、僕に考えがあるんだ」

「え？　何か良い方法が見つかったの？」

「ああ、このままだと収束するどころか、更に悪い方向に広がってしまう可能性の方が高い。だから、もう僕たちが直接動くしかないよ」

「うん、私もこのまま放っておいても事態が良くなるとは思えない……それで、どうするの？」

遠山はビラをヒントに思い付いたことを上原に話した。

「そんな方法を……」

「これは上原さんも矢面に立つ必要があるけど、協力してもらえるかい？」

遠山が思い付いたこの方法は上原と二人して、誹謗中傷をしている連中と対峙《たいじ》しなくてはならない。そのリスクは計り知れない。

「……うん、分かった。遠山を信じてるし一緒なら怖くないよ」

「こんな方法しか思い浮かばなくてゴメン」

「そんなことないよ。遠山が私のことを心配して必死に考えてくれたんだもん。きっと上手《うま》くいくよ」

そう言ってくれる上原に遠山は救われる思いだった。

「じゃあ、決行は明日のＳＨＲ《ショートホームルーム》で」

「うん！　分かった。遠山、無理しないでね」

「ああ、任せてくれ」

本当に上手くいくのだろうか……不安を抱えた遠山は上原には悟られまいと気丈に振る舞った。

第四話　ホームルームジャック

I am boring, but my classmates do not know what I am doing in your room.

作戦を思い付いた翌日、遠山《とおやま》は嫌がらせを止める作戦の準備をするため、いつもより早く起きていた。というよりも、不安と緊張で眠れずに起きていたと言った方がいいだろう。

「よし、そろそろ行こうか……」

寝不足で体調が良いとは決して言えなかったが、意識だけはハッキリしている。

「あれ？　お兄ちゃん、もう学校行くの？」

制服に着替え部屋を出て玄関に向かう途中、いかにも今起きました、と言わんばかりの寝癖にパジャマ姿の菜希《なつき》と洗面所の前で出くわした。

「ああ、今日はちょっと早めに行ってやりたいことがあるんだ」

「そう……お兄ちゃんが何を抱えているか分からないけど、お願いだから無理はしないでね」

朝、洗面台で見た寝不足と緊張の入り交じった自分の酷《ひど》い今の表情を、遠山も分かっていた。菜希はその表情から今日、何かがあるのだろうと察したのかもしれない。

「うん、心配してくれてありがとな。僕は一人じゃないし大丈夫だから」

「分かった。菜希もついてるからね」

菜希にまで心配を掛けてしまい、もはや自分だけの問題ではなくなってしまった。なんとしてでも今日、この問題に決着を付けたいと遠山は強く願う。

「それじゃ、行ってきます」

「うん、行ってらっしゃい」

菜希に見送られ遠山は決意を胸に学校へと向かった。


学校へ向かう途中のコンビニで準備を整え、まだ誰もいない教室で登校前にコンビニでコピーした紙の束をかばんから取り出し、遠山は自分の机の中に放り込む。

そして自分の席でＳＨＲ《ショートホームルーム》が始まるのを遠山は静かに待っていた。

遠山は心を落ち着かせようと静かに目を瞑《つぶ》っていると、登校してきた生徒たちが教室に入ってきたのか徐々に騒がしくなってくる。

「佑希《ゆうき》、おはよう。今日は早いんだね」

遠山は聞き慣れた中性的な声に反応し目を開けた。

「おはよう、千尋《ちひろ》。今日はやることがあったから早く来たんだ」

「そっか。ねえ佑希……顔色が優れないけど大丈夫？　体調悪いの？」

今朝、菜希に指摘されたように誰が見ても今の遠山は体調が悪いようにしか見えなかった。

遠山はそれほど緊張し、不安で胸が押しつぶされそうだった。

「いや……ちょっと寝不足なだけだから、大丈夫だよ」

「そうなんだね……もし体調悪くなったらすぐぼくに教えてよ」

こんな時の千尋の気遣いが、不安でいっぱいだった遠山の心を軽くした。

「ああ、ありがとう。そうなったらすぐに千尋に言うよ」

こうして千尋と取り留めのない会話をしてしばらくすると、担任の宮本《みやもと》先生が扉から教室に入ってきた。

——いよいよだ。

宮本先生が扉から教壇まで歩いてたどり着くまでの数秒間、遠山の心臓は高鳴り、緊張して足が震えていた。

「おはようございます。それでは朝のホームルームを始め——」

「せ、先生！　ホームルームの前に少しお時間を、い、頂けますか？」

遠山は震える足に力を込め、ガタンとイスを鳴らし、勢いよく自分の席から立ち上がり、教壇でSHRの始まりを告げようとした宮本先生の言葉を途中で遮った。

「と、遠山くん一体どうしたの？」

突然立ち上がった遠山に宮本先生だけでなくクラスメイトも唖然《あぜん》としていた。

遠山は机の中から紙束を取り出し震える足で教壇へと向かった。

「え？　上原《うえはら》さんまで……」

遠山に続き上原までもが席を立ち教壇の前へと移動を始め、宮本先生も混乱していた。

遠山の突然の奇行に静まり返っていた教室内だったが、上原が立ち上がった途端クラスメイトたちがザワザワと騒ぎ始める。

『え？　これ何の前フリ？』

『なんか催し物の発表？』

『あの二人って噂《うわさ》の……』

『まさか交際宣言とか？』

『いやいや、そんなわけないだろ』

『これ何が始まんの？』

教室のクラスメイトたちは皆一様に動揺を隠せないようで、様々な憶測が飛び交っていた。

そんな中、遠山と上原は教壇の前で合流し、二手に分かれクラスメイトにビラを配り始めた。

宮本先生は配り終えるまで何もせず、その様子を静かに眺めているだけだった。

『え？　これってアレだよね？』

『どういうこと？　俺全然分かんないんだけど』

『イジメ？』

『なにこれ……酷い……』

二人が配ったビラの表には〈陰キャが調子に乗るなよ〉、裏にはグループチャットの会話内容が印刷されている。

これは遠山の下駄箱《げたばこ》に入っていたビラとグループチャットのスクリーンショットをコピーしたものだ。

「先生もこれを」

二人は全てのクラスメイトに配り終えると教壇の前まで戻り、遠山は残っていたビラを宮本先生にも手渡す。

「こ、これは⁉　遠山くん、上原さんどういうことなのか説明して」

ビラの内容に目を通した宮本先生が驚きの声を上げ、遠山たちに説明を求めた。

「先生、今からみんなの前でお話しします」

そう言って遠山は向かい合っていた宮本先生から目を離し、教壇の前からクラスメイトに目を向けた。

「あ……」

今までザワついていた教室が静かになり、一斉にクラスメイトの視線が遠山に集まった。

その瞬間、遠山は金縛りにでもあったかのように身体が硬直し、言葉を発することができなくなった。

その手は震え、喉はカラカラに渇き、口を開けて声を出そうとするが言葉にならなかった。

『遠山、なに突っ立ってんだよ』

『何か言いたんじゃないの？　早くしろよ』

『遠山、固まっちゃったぞ』

普段、人から注目を浴びることに慣れていない遠山にとって、今のような特殊な状況で人目に晒《さら》されるような事態は彼に多大な負荷を掛けていた。

教壇の目の前で硬直し、動くことも話すこともできなくなった遠山に、クラスメイトから容赦ない言葉が浴びせられた。

——僕みたいなクラスで空気な奴《やつ》が何を言っても、誰も聞いてくれないのではないか？

——上原さんを助けたいなんて、思い上がっていたのではないか？

——僕は一体何を……なにをしようとしていたんだろう。

思考もままならなくなり、進むことも逃げることもできなくなった遠山の手が、不意に柔らかくて暖かいものに包まれた。

「遠山、大丈夫。私が付いているから」

遠山の震える手を上原が握り締め、優しく包み込んでいた。

繋《つな》いだ手から感じる上原の温《ぬく》もり、そして彼女もまたその手は震えていた。

上原もまた不安だった。

しかし、それでも遠山の手を握り、気丈にも励ましてくれたのだ。

上原に目を向け彼女の揺れる瞳を見た遠山は、自分の唇を強く嚙《か》みしめた。

——このまま何もしないで後悔はしたくない！

遠山は上原の手を強く握り返した。

そして、もう大丈夫ありがとう、とゆっくりと繋いだ手を離していった。

「み、みんなに聞いて欲しいことがあります」

遠山の目に力が戻り、語り始めるとザワついていた教室が静まり返った。

「今、配ったビラを見てほとんどの人が分かったと思います」

「この紙は表が僕の下駄箱に入っていたビラ、裏がグループチャットをスクショしたものを両面コピーしたものです」

遠山のその言葉を聞いたクラスメイトたちが再び騒ぎ出す。

「と、遠山くん……それは本当なの？」

その話を聞いた宮本先生はショックだったのだろう、信じられないといった表情だ。

「はい、こんな嘘《うそ》をつく理由が僕たちにはありません」

話の途中で宮本先生に割り込まれたが、遠山は簡潔に返答すると再び語り始めた。

「そのビラは最初、僕の下駄箱に入っていて、その翌日に机の中にゴミを詰め込まれる悪戯《いたずら》をされました」

「それだけなら僕が我慢すればいい、いつか嫌がらせは収まるだろう、そう思っていました」

「でも、それと時期を同じくして匿名のグループチャットが作られ、その中で僕と上原さんの誹謗《ひぼう》中傷が書き込まれるようになりました」

ここまで話し終わった遠山は、ふぅと一息つき話を続けた。

「僕はグループチャットの書き込みを見た上原さんの悲しむ姿を見て、激しい怒りを覚えると同時に、これ以上、上原さんを悲しませたくない、どんなことをしてでも止めたい、そう強く思いました」

「だから、このホームルームを利用するという非常識なことをしました。これに関しては本当に申し訳ないと思っています」

生徒たちは冷やかしたり野次《やじ》を飛ばしたりすることなく、宮本先生も口を挟まず黙って聞いていた。

「上原さんがそんなことをする人じゃないと、みんなは知っているはずだと思う」

「僕のことが気に入らない人がいるのも理解している。クラスに溶け込もうともしない自分が癇《かん》に障ることも、そんな人間が、上原さんと仲良くしているのが面白くないのかもしれない。それは分かってる……」

「だけど！　僕に関わっているというだけでこんなくだらない方法で、他の人を傷付けるのはやめて欲しい。だから……これ以上嫌がらせを続けるのであれば僕も大人しくしているつもりはないです」

「ここに僕の下駄箱に入っていたビラがあります。手書きだから筆跡を鑑定すれば誰が書いたか特定するのは容易なはずです。テストの解答用紙が学校にあるはずだから先生にお願いするつもりです。ビラと机にゴミを詰めた犯人は同じだと僕は考えています」

「これがどういうことか嫌がらせをした本人は分かると思います。場合によっては停学、最悪退学や名誉棄損で訴えることができます。だからといって犯人捜しは上原さんも望むところではないので、思い当たる人はよく考えて反省してください」

遠山はここで一度言葉を止め深呼吸した。

「本当はこんな脅すような真似《まね》はしたくない……でも！　上原さんがこれ以上傷付く姿はもう見たくないんです！　僕の大切な人を傷付けないでください……だから……お願いします……」

遠山はここで言葉を詰まらせた。

数秒の沈黙の後、これまで黙っていた上原が口を開いた。

「私は……誰のせいだとか、そんなことは関係ないと思っています。遠山のせいでもないし誰のせいでもないです。私もまた遠山がこうして胸を痛め、傷付いていくのが悲しくて仕方ありません。私からもお願いします……もうこんなことはやめてください……お願い――します……」

上原もまた言葉を詰まらせた。

遠山の嘘偽りのない心から吐き出した言葉は、クラスメイトの胸に刺さったのだろうか、目に涙を溜《た》め、すすり泣く女子生徒の声や同情の声が教室内で聞こえてきた。

「遠山くん、上原さん……こんなことがあったと気付かなくてごめんなさい……立場上、早急に結論を出すことができないけど、この件はあとで詳しく話を聞かせてもらいます」

遠山や上原たちが落ち着いた頃、静観を決めていた宮本先生がようやく口を開いた。

「みなさん、この件に関してはこれから調査をする必要があります。場合によっては個別の聞き取りに協力をお願いすると思います。ショックかと思いますが各々は今まで通り、授業に集中するように心掛けてください」

遠山と上原が伝えたいことを吐き出し、二人して言葉に詰まったタイミングで宮本先生が最後を締めくくった。

「先生に相談せず、こんな形でホームルームの時間を潰してしまい申し訳ありませんでした」

遠山は宮本先生に謝罪した。

「遠山だけじゃなく、事前にこのことを知っていた私にも責任があります。先生、申し訳ありませんでした」

遠山に続き上原も宮本先生に頭を下げた。

「事前に相談して欲しかったことは否めませんが、あなたたちの思いは伝わりました。放課後に改めてお話を聞かせてもらいます」

これで解決するのかどうか、遠山も上原にも分からなかった。

ただ、この件の首謀者がこのクラス内にいたのなら、これで牽制《けんせい》はできたはずだ。犯人を炙《あぶ》り出すためではなく、目的はあくまで誹謗中傷を止めるためだったので効果はあっただろう。

「それでは時間がないのでホームルームは手短に終わらせます」

宮本先生のSHR再開の言葉を聞いた遠山と上原は、生徒からビラを回収して回る。

遠山はビラを回収するために倉島《くらしま》の席に近付いたが、その時の彼は動揺した様子もなく平静であった。

だが、遠山を見据えるその目には、嫉妬や怒りといった感情が窺《うかが》えた。

無言で倉島からビラを回収し終えた遠山は、心の中で深い溜息《ためいき》をついた。

遠山たちがホームルームで誹謗中傷の嫌がらせを訴えた当日は、その話題でもちきりになった。

中には嘘を信じて、グループチャットに書き込みをしてしまった生徒もいることだろう。

その生徒たちは肩身の狭い思いをしているに違いない。

「美香《みか》それじゃ、行ってくるよ」

「うん、行ってらっしゃい」

上原は親友の相沢《あいざわ》にひと言告げ、教室から生徒指導室へと向かった。

今回の件の事情聴取のため、宮本先生から放課後に呼び出しをされていたからだ。

性に関わるデリケートな話もあったため、女性教諭である宮本が一人で上原に話を聞いていた。

遠山は別室で生徒指導の他の男性教諭から事情を聞かれている。

「援助交際をしていたと書き込みにあったようだけど、これに関して上原さんの話を聞かせてください」

もちろん上原は援助交際などしていないと否定した。驚いたのはその後の彼女の発言だ。

「宮本先生……私はその……ま、まだ、しょ、処女です！　証明しろと言われても困りますが……あ！　婦人科とか行けば何か証明とか貰《もら》えたりしますか？」

——ブッ！

上原の突然の処女宣言に、宮本は飲んでいたお茶を吹き出してしまう。

「し、失礼……そ、そういう証明書はないんじゃないかな？　先生は分からないけど」

「そうなんですか……それだと遠山の疑いも晴らせないですよね……私が処女だと証明できれば彼と援助交際してないって分かるのに……」

上原は真剣に遠山のことを心配して、そして彼への好意から処女証明などと考えたのだろう。

宮本は不謹慎だと思いながらも微笑《ほほえ》ましさに頬《ほお》を緩めた。

上原は遠山のことがとても大切なのだろう。

——ふふ、若いっていいな。

宮本は、高校生だった十年前の若かりし頃の懐かしさと、ほろ苦い青春の思い出が脳裏によみがえり、思わず笑みが零《こぼ》れてしまう。

この二人なら今の障害くらい簡単に乗り越えてしまうだろう。

宮本は教師の立場であったが、この二人の恋を心の中で応援した。

◇

昨日の放課後、遠山は生徒指導の先生に事情聴取を受け、事前に上原と決めていたことを話した。

それは……『誹謗中傷をした犯人捜しは二人とも望まない』ということだった。

これには理由があり、ここまで公にしてしまえば首謀者は今後、迂闊《うかつ》に動くこともできないだろうと考えたからだ。

抑止力としては十分な効果があったのではないだろうかと遠山は考えている。

昨日のことを思い出しながら制服に着替え、登校する準備が終わり階段を降りるとセーラー服姿の菜希が待ち構えていた。

「今日は一緒に登校しようか」

その姿を見た遠山は菜希にひと言そう告げる。

「ホント？　今日からまた一緒に登校できるの？」

「ああ、もう大丈夫だ」

「やった！」

菜希が満面の笑みを浮かべ、遠山の腕をしがみついてきた。

ほんの数日間、一緒に登校しなかっただけだが、それはもう本当に嬉《うれ》しそうだ。

相変わらず兄離れできないブラコンの菜希だった。

菜希がトラブルに巻き込まれないように一緒に行動するのはやめていたが、さすがにもう大丈夫だろう。

「じゃ行こ！」

遠山は菜希に腕を引かれ玄関から外に出ると、住宅街は朝日に照らされ輝いていた。

その柔らかな光は眩《まぶ》しくて、暖かくて身体と心に活力が戻ってくるのを感じた。人間も光合成しているのではないかと遠山は感じる。

本当に気持ちの良い朝だ。

ふんふ～ん――

菜希は鼻歌を歌いながら遠山と腕を組んでご満悦だ。

「菜希、それにしてもご機嫌だね」

「しばらく一緒に登校してなかったんだよ？　嬉しいに決まってるじゃない！」

「毎日、家で会ってるじゃないか」

「それとこれとは別なの！」

その辺の感覚は遠山にはちょっと分からなかった。

しかし菜希が、こんな調子で兄と一緒に登校していていいのだろうか、と遠山は考えていた。

仮にも思春期の女子、兄とはいえ男と腕を組んで歩いていたら、何も知らない人は誤解するかもしれない。

「なあ、菜希」

「なぁに、お兄ちゃん？」

「外歩く時は腕を組むのやめない？　普通の兄妹は組まないと思うよ」

「えーそんなことないよぉ。クラスの洋子ちゃんがキスくらいは当たり前だって言ってた」

クラスメイトに菜希を超えるブラコンがいるらしい。

「そのクラスの洋子ちゃんとやらはたぶん、間違ってると思うんだ」

「どうして？」

「兄妹で普通キスはしないと思うよ」

「そうなのかぁ……」

少し常識から外れた菜希が心配になり、これからはもっと話を聞いてあげようと思う遠山だった。

そろそろ校門も近付き、これは目立ち過ぎると思った遠山は心を鬼にし、腕にしがみついている菜希を引き剝がしにかかる。

「あ、ちょっとお兄ちゃんやめてよね！」

遠山は腕を振《ふ》り解《ほど》こうと試みるが菜希の抵抗にあい、腕を組んだまま校門までたどり着いてしまった。

「遠山ぁ、待ちくたびれたよ〜」

校門付近から、走りながら声を掛けてくる女子生徒を遠山は視界の隅で捉えた。

明るい髪色に緩くパーマをかけた華やかな容姿の女子生徒は、その豊かな胸を揺らしながら遠山に駆け寄ってきた。

「遠山、おはよう！」

そう言って上原が菜希の組んでいる腕の反対側の腕にしがみついてきた。

菜希と上原に腕を組まれた遠山は、さながら美少女二人を侍《はべ》らせるラブコメの主人公のようだった。

「あ、ちょっと！　そこのオッパイ星人！　何やってるのよ！」

「菜希ちゃん、おはよう。そろそろ校門だからあなたは中等部に行ってもいいわよ」

そう言って上原は遠山の腕を自分の方に引き寄せる。押し付けられた彼女の大きな胸が当たり、その感触が気持ち良い。

「あ、ちょっとなにオッパイ押し付けてるんですか⁉　油断も隙もないんだから」

凄く目立ってしまい、遠山はこんな羨ましい状況にもかかわらず、逆に居心地が悪くなってきてしまう。

昨日の今日で登校早々に悪目立ちはしたくないのだ。

「ねえ二人とも、注目され始めたから離れて欲しいんだけど？」

そう言って遠山は強引に腕を外し、二人から逃れることに成功した。

「ほら、菜希は上原さんにちゃんと挨拶をして」

「はあい、上原先輩おはようございます」

「よし、ちゃんと挨拶できたな。菜希えらいぞ」

遠山がそう言うと、菜希はこれくらい当たり前だよ、と中学生にしては発育の良い胸を張った。

「それじゃあ、僕と上原さんは行くからね」

このままだと菜希がなかなか中等部に向かわないので、遠山は菜希を置き去りに高等部の校舎へと早足で向かった。

「あ、遠山ちょっと待ってよ～」

遠山は二人から逃げるように上原も置き去りにして校舎へ向かった。

「もう、なんで置いていくのよ！」

追いついて早々に上原は遠山に文句を付けてきた。

「だって昨日の件があったから登校してきて目立つの嫌だし」

「ちょっと悪ふざけしちゃったのは謝るよ。でも……なんか嬉しくてつい」

上原は申し訳なさそうにシュンとしてしまった。

「そんなに落ち込まないで。僕も上原さんに朝から会えて嬉しいよ」

「ホント⁉　よかった〜」

俯《うつむ》いていた、表情がパアッと明るくなった。

「上原さんは元気そうで何よりだよ」

あんな目にあったけどもう落ち込んだりしてはいないようだ。

「うん……遠山が守ってくれたから……目立つのが苦手なのに、私のために一生懸命みんなを説得してくれて嬉しかった」

上原さんは潤んだ瞳で上目遣いに遠山の顔を覗《のぞ》き込んでくる。

「あの時は緊張して言葉に詰まったけど、上原さんに助けてもらったから何とか最後まで話せたんだ……ありがとう」

教壇の前で緊張して言葉が出なかった時、上原が手を握って遠山に勇気を与えてくれた。

遠山は上原の手の温《ぬく》もりと柔らかさを思い出し、顔に熱を帯びてくるのが自分で分かった。

「ううん、そんなことないよ……堂々としていた遠山、カッコ良かった……それに……大切な人って遠山に言われて嬉しかった……」

そんな小恥ずかしい台詞《せりふ》を言ってしまった記憶がよみがえり、遠山は恥ずかしさのあまり内心では身悶《みもだ》えしていた。

上原といえば先ほどから頬を赤く染め、目を潤ませながら遠山に上目遣いで熱い視線を送っている。

「そ、そろそろ教室へ急ごう。遅刻しちゃうよ」

そろそろこの雰囲気に耐えられなくなった遠山は、恥ずかしさを誤魔化《ごまか》すように話を変えた。

「あん、遠山待ってよ」

菜希と三人でグダグダやっていたこともあり、このままだと遅刻してしまう。

遠山は再び上原を置き去りに教室へと向かった。


校門付近で合流した上原と並んで遠山は教室のドアの前に立っている。

遠山は今まで目立たないように過ごしてきた。矛盾しているかもしれないけど目立たないから目立っていたと言っても差し支えない。

だからクラスで人気者の上原と仲良くしているだけで目立ってしまった。

昨日のようなホームルームを乗っ取るような真似《まね》をした後だ。遠山がクラスメイトからどのような反感を買っているのか見当もつかない。

毎日通っている教室に入るだけなのに遠山は緊張していた。

普段からクラスメイトに陰キャだの地味だの言われ、好奇の目に晒《さら》されるのには慣れている。それでも今は教室に入るのを躊躇《ためら》ってしまう。

未《いま》だ誹謗《ひぼう》中傷を書き込んだ連中は、何食わぬ顔で教室にいるのだ。火種が残っている以上、再び炎上する可能性がある。

遠山がドアの前で色々と逡巡《しゅんじゅん》していると、不意に左手が暖かい何かに包まれた。

「遠山、大丈夫だよ。私も一緒だから」

上原が昨日と同じように遠山の手を握り締めていた。

「上原さん、ありがとう」

その柔らかくて暖かい手を離し、遠山は教室に入った。

教室に入ると遠山の姿を認識した生徒たちの視線が二人に集まり、始業前でざわついていた教室が静かになる。

遠山と一緒に上原も教室に入ってきたことで更なる注目を浴びた。

『見ろよ、上原さんも入ってきたぞ。一緒に登校してきたのか？』

『もしかしてあの二人、本当に付き合ってるとか』

『いやいや、それはないだろ』

『でも分からないぞ。昨日のＳＨＲの時、二人は手を繋《つな》いでいただろ？　本当はデキてるのかも』

遠山はヒソヒソと話すクラスメイトの注目を浴びながら自分の席まで歩いていく。

色々言われるだろうと遠山は予想していた。

――そういう話が好きだよな。

クラスの連中もグループチャットの書き込みに踊らされ、色々と想像していたのだろう。

そして、またも遠山と上原が付き合っているのでは、と噂《うわさ》している。

噂好きなのは人の性なのだろう、そんなことを考えながら遠山は自分の席へと向かった。

「佑希……おはよう！」

千尋は満面の笑みで遠山を出迎えた。

「千尋、おはよう。昨日は迷惑を掛けちゃったね」

「ううん、そんなことないよ。色々とあったと思うけどお疲れさま」

千尋が笑顔で出迎えてくれたことだけでも遠山は嬉しく思えた。

「遠山、大変だったな。昨日、話を聞いた時にはビックリしたけど、上原さんを守ったなんてカッコいいじゃん。見直したよ」

ポンと遠山の肩を叩《たた》き、じゃあなと立ち去っていったのは話したこともない奥山翔太《おくやましょうた》という男子生徒だった。彼はクラスでも中立的な立場の生徒で友達も多く、彼女も同じクラスにいる。そんな彼に遠山は良い印象を持っていた。

それを皮切りにチラホラと遠山に話し掛けてくる生徒が数人いたが、皆好意的だった。

「遠山がなんか人気者になっちゃった？」

一度自分の席に戻った上原だったが、遠山が生徒に話し掛けられている間に近くまで来ていた。

「上原さん、ほらアレだよ。時の人が現れたから好奇心で声を掛けてきたんだよ」

好意的に話し掛けられ、ちょっと恥ずかしくなった遠山は、適当な言い訳をして照れ隠しをした。

こういうのには慣れていない遠山は、どう反応していいのか分からなかった。

「上原さん、もうすぐホームルーム始まるから席に戻った方がいいよ」

遠山は上原に席に戻るように促し、高井《たかい》の席に目をやる。すると彼女はその視線に気付いたのか、遠山と目が合うとすぐに前を向いてしまった。

少しは心配してくれているかと遠山は思っていたが、高井の表情からそういった感情を読み取ることはできなかった。

――相変わらず高井はブレないな。

遠山は高井の姿を横目に苦笑した。

「遠山、また後でお話ししよ」

そう言って席へと戻る上原の後ろ姿を見て、昨日の行動は間違っていなかったんだと遠山は安堵《あんど》の溜息《ためいき》をついた。

その日の昼休み、遠山の周囲の様子がいつもと変わっていた。

何が変わったかというと、上原の親友、相沢美香が遠山たちと机を並べ、なぜか一緒にお昼を食べているのだ。見た目はクリッとしていて可愛く胸は控えめで、彼女には失礼だが、一見すると中学生くらいに見えなくもない。

だが言動は見た目に反して大人っぽい。

「遠山はさ、見た目と違って随分と熱血なんだね」

相沢は開口一番、遠山に似つかわしくない評価をしてきた。

「そ、そうかな……」

遠山は昨日の行動を思い出す。

それだけ何とかしたいと必死だったのだろう。

「ホームルームの遠山の言葉は胸にくるものがあったよ。他の生徒もそうだったって言ってた」

遠山は恥ずかしさを感じつつ、自分の訴えが相沢にだけでなく、他の生徒にも届いていたことが分かり嬉《うれ》しくもあった。

「私は遠山に感謝してるんだよ。麻里花《まりか》を守ってくれてありがとうって」

自分は何もできなかったけど、遠山がいて助かったと上原の親友である相沢は言っている。

「遠山は私のために クラスメイトの前で一生懸命話してくれたんだ。本当に嬉しかった」

あの時は緊張して、自分でも何を言っているのか分からなかったが、今思えばこれで良かったのだろう。

「遠山、カッコよかったよ」

上原は恥ずかしそうに俯き、遠山を上目遣いで見つめる。

手が震えて、声が出せないくらい緊張していて、とても自分をカッコよかったとは思えない遠山だったが上原にはそう見えたのだろう。

「麻里花にとって遠山は白馬の王子様みたいなもんだね」

「ちょ、ちょっと美香ってば、恥ずかしいから……」

上原は自分が遠山に守ってもらったと思い込んでいて、随分と好感度が上がっているようだ。

「僕としては割と恥ずかしい思い出になるんだけどね」

大勢のクラスメイトの前で話すのは二度とないようにと遠山は心から願った。

「遠山、これからもアンタが麻里花を守ってあげてね」

相沢がどういう意味で言ったかは分からないが遠山は無言で頷《うなず》く。

それを見た相沢は満足そうに微笑《ほほえ》んだ。

「遠山、ちょっといいか？」

　不意に声を掛けられ振り向くと、そこには意外な人物が立っていた。

「倉島？　僕に何か用？」

『おい、見ろよ？　倉島が遠山に話し掛けてるぞ』

『ホントだ。昨日遠山たちがＳＨＲで言ってた嫌がらせしてたのは倉島だって噂だし、また何か企《たくら》んでるんじゃね？』

『遠山に上原さん取られたって逆恨みしてそうだな』

　一連の嫌がらせに倉島が一枚噛《か》んでいると思っている一部のクラスメイトたちがヒソヒソと話し始める。

「チッ！　……お前に話がある。ここじゃなんだから外で話そう」

　クラスメイトの会話は倉島にも聞こえているようで、盛大な舌打ちをして顔をしかめた。

「……分かった。みんなちょっと行ってくる」

　上原たちは心配そうに遠山と倉島を見送る傍《かたわ》ら、他のクラスメイトたちは二人に好奇の視線を送っていた。

『お、上原さんを取り合って二人で対決か？』

『殴り合うなら屋上だよな』

『いやいや、告白だろ？』

『倉島が遠山に？　それはキツいわ』

クラスメイトたちはこの状況を悪趣味にも面白がっている。

こういう面白半分に噂を立てたりする行為が嫌がらせやイジメなどを誘発するのだろう。

遠山は噂しているクラスメイトの一団を横目に悪趣味だなと溜息をついた。


「それで話ってなに？　昼休みはもう終わるから手短に頼むよ」

校舎を出て目立たない場所へと移動した二人は向き合って対峙《たいじ》していた。

「お前は嫌がらせの犯人が分かっているのか？　知ってるなら教えろ」

遠山にとって意外な言葉が倉島の口から飛び出した。嫌がらせに倉島が絡んでいると思っていたからだ。

「いや、僕は知らない。上原さんも知らないと思う」

「麻里花を侮辱した連中だぞ⁉　なんで探し出して謝罪させないんだ⁉」

「上原さんが犯人捜しは望んでいないからだよ。それに……下手に動いて事を大きくしたくないんだよ。追い詰められた相手が何をしてくるか分からないだろ？」

「腰抜けが……麻里花はなんでこんな奴《やつ》に――」

「何とでも言えよ。これは上原さんと二人で決めたことだ」

「さっきのクラスの連中の会話が聞こえただろ？　俺は嫌がらせの首謀者として疑いを掛

けられてる。だから俺は犯人を見つけて疑いを晴らす。そして麻里花に謝罪させる」

「ひとつ聞いていいか？」

「なんだ？」

「僕の下駄箱《げたばこ》にビラを入れたのと机のイタズラは倉島、お前じゃなかったのか？」

遠山は単刀直入に聞いた。

「はあ？　そんなくだらないこと俺がするわけないだろ？　犯人は大方お前に嫉妬した男子だろ。そんなこと俺に聞かずに証拠があるんだから調べればいいだろ？」

「いや……この件はお前じゃなかったのならそれでいい。疑って悪かったな」

「ふん、俺はお前がどうなろうが構わないがな」

そう言って倉島は会話を打ち切り、踵《きびす》を返し校舎へと戻っていった。

——ビラは倉島じゃないのか。

倉島が犯人ではないと分かった以上、遠山もこれ以上追及するつもりはなかった。

「やばい授業が始まっちゃう」

午後の授業が始まる予鈴が鳴り響き、遠山は我に返った。

——グループチャットは一体誰が作ったんだろうか……？

犯人捜しはしないと言ったものの倉島が蒸し返したせいで、遠山はそのことを気にせざるを得なかった。

「まだ火種は残ってるか……」

遠山はポツリと呟《つぶや》き教室へ戻った。


放課後になり、遠山は図書委員の当番で返却されてきた本の棚戻しをしていた。

やっぱりここが一番落ち着く場所だと遠山は痛感する。

本の放つ独特の匂い、そして書架に並んだ本に囲まれていると心が癒《いや》されていく。

気が付くと、いつの間にか高井がテーブル席に腰掛け読書をしていた。図書室の奥で作業をしていた遠山は彼女が来たのに気付かなかったようだ。

遠山は図書室で高井とは特に挨拶は交わさない。そのまま高井の読書をしている姿を横目に素通りし、遠山はカウンターに戻った。

図書室で落ち着くのは本の匂いと並んだ本、そして読書をする高井の姿を見ている時だ。

「この本の貸し出しをお願いします」

しばらくすると高井がカウンターにやってきた。

「返却は二週間後になります」

遠山は貸し出し処理をして本を差し出す。

いつものやり取りだ。

「ありがとう」

高井はそう言って本を受け取らず、遠山の手を取った。

「佑希は頑張った。上原さんを守ってくれてありがとう」

そして本を受け取り高井は感謝の言葉を残し図書室を出ていった。

高井に褒められた嬉しさなのか、無意識に笑みが零《こぼ》れていたことに遠山は気付いていない。

「あれ？　高井さん帰っちゃうの？」

図書室の外から上原らしき声が聞こえてきた。タイミング的に図書室を出ていった高井と鉢合わせしたのだろう。

「遠山、お待たせ！　返却に来たよ」

廊下から声が聞こえた直後、上原が図書室に飛び込んできた。

「今、高井さんとすれ違ったけど、さっきまでいたんでしょう？」

「ああ、本を借りて帰ったよ」

「うん、すれ違ったから知ってる。今日は用事があってすぐに来られなかったから、高井さんと話せなくて残念」

上原は最近仲良くなろうと頑張っているようだが、高井はまだ彼女に心を開いてくれないそうだ。

――もうすぐ開いてくれそうな気がするけどね。

遠山は上原を守ってあげてと言った高井のことを考えながら何となくそう思えた。

第五話　イメチェンデート

ＳＨＲ《ショートホームルーム》の一件があってから、上原《うえはら》が遠山《とおやま》に対して積極的にアプローチしてくるようになった。

具体的にいうとスキンシップが増えた。腕を組んできたりすることが多くなり、その度に胸を押し付けたりしてくる。しかも、場所を選ばないのでまたクラスで色々と噂《うわさ》になり始めていた。

「遠山、今度の休みにお出掛けしない？」

放課後、図書委員の業務中の遠山に上原が話し掛けてきた。

「今は業務中です。それに図書室は私語厳禁ですよ」

遠山は図書委員らしく振る舞ってみせた。

「えー少しくらいいいじゃん。今は高井《たかい》さんしかいないしさ」

遠山もそれほど真面目な人間というわけではないので、話くらいは聞いてあげても構わないと実際は思っている。

幸いなことに図書室内には高井がいつもの席で読書をしているだけだ。

「……分かった。それでどこに行きたいの？」

最近は事あるごとに上原から遊びに誘われていたが、いつも理由を付けて断ってばかりも悪いと思った遠山は、今回お誘いを受けることにした。

「えっ⁉　一緒に行ってくれるの？」

また断られるのだろうと上原は思っていたようだ。ダメ元でいつも誘っていたことが窺《うかが》える。

「いつも断ってばかりで悪いしね」

「やった！　それでどこに行く？」

「どこか行く当てがあったんじゃないの？」

「いやあ、どうせまた断られるかなと思って考えてなかった」

やっぱり上原はダメ元で誘っていたようだ。

「それじゃあ……さ、映画観《み》に行かない？　私、観たい映画があるんだ。アニメだけどいい？」

「アニメでも別に構わないよ。今、上映してるのだと……もしかしてアレかな？」

コミック原作で凄《すご》くヒットしていて、映画も興行収入が歴代ナンバーワンとか騒がれているやつだ。

「もしかして『鬼討《きとう》の剣《つるぎ》』？」

遠山は今話題のタイトルを挙げた。

「そうそう、コミックを読んでアニメも観てるから、映画も観に行きたいなぁと思ってたんだ」

上原は小説より元々はコミック派なので有名どころはすでにチェック済みというわけだ。

「上原さんがアニメ観るとは意外だね」

上原のイメージ的に、アニメは観なそうだと遠山は思っていたが、彼女はライトノベルもイケるのでアニメに拒否反応を示すようことはないだろう、とも思っていた。

「普段アニメはあまり観ないけど『鬼討の剣』は好きだからね。遠山は観た？」

「コミックはこの前ネットカフェで全巻読んだよ。アニメは観てないけど映画は観たいと思ってたから丁度いいかも」

「やった！　じゃあ決定ね。映画凄い人気だし、早く予約しないと席なくなっちゃうから次の日曜でいい？」

「うん、なにも予定は入ってないから大丈夫だよ」

遊ぶ相手のいない遠山は、どの日曜であろうと予定はなかった。

「じゃあ、映画の予約が取れた時間に合わせて待ち合わせ時間決めよ」

「そうだね、時間決まったらメッセージ送って」

「うん！　分かった！」

上原は満面の笑みで答えた。喜んでいる彼女の姿を見て今日は断らなくてよかったと遠山はつくづく思う。

そんなやり取りをしている最中、遠山は視線を感じ、カウンターから高井に目を向けると、彼女が遠山たちのことをジーッと見ていた。

遠山の視線は上原の陰に隠れて高井には見えていないようで、彼女にしては珍しく他人が気になるようだった。

上原は上機嫌で高井のもとへと駆けていった。

「ねえねえ、高井さん！　『鬼討の剣』って知ってる？　今、ちょー流行《はや》ってるんだよ」

「タイトルくらいは知ってる。見たことはないけど、それが？」

「今度、遠山と映画観に行くんだ。すっごい楽しみ！」

「そう、楽しんできて」

以前より二人の会話が成立していた。

上原が進展していないと言っていたが、ひと言だった会話が二言、三言に増えている。

これは大変な進歩ではないだろうか。

高井と楽しそうに話している上原は、自分と高井がセフレだと知ったらどう思うのだろう？　悲しむだろうか……？

そんなことを考えても意味のないことだと、遠山は胸の奥底にしまい込んだ。

◇

上原と映画を観に行く約束をしている日曜日、遠山は慌ただしく部屋で支度をしていた。

──ヤバい！　着ていく服がない。

お洒落《しゃれ》に無頓着な遠山は、他所《よそ》行きの服などは持ち合わせていない。

遠山は女の子と二人きりでデートは初めてで、今までそういったことに縁がなかったので身なりなど気にしていなかったのだ。

高井とはセックスをするために彼女の家に行くだけで、二人きりで外出したことは一度もない。

──まあ、ないものはないし普段と同じ格好でいいか。

いつものジーンズにロンT、上にパーカーを羽織った。

自分で言うのもなんだが地味だ。鏡を眺めて遠山はやっぱり陰キャだなと自覚した。

──おっと、待ち合わせに遅れてしまう。

遠山は服装に関しては諦めることにして部屋を出て玄関へと向かう。

「お兄ちゃん！　どこ行くの？」

玄関でスニーカーをはいているところで菜希《なつき》が声を掛けてくる。

「映画観に行ってくる」

「え？　そんなの聞いてないよ？」

「僕が出掛ける予定を菜希にわざわざ報告する必要があったっけ？」

「だってお兄ちゃんが休みに出かけるなんて初めてのことだし、気になるじゃない」

さすがに初めてではないと思うのだが、と遠山は苦笑した。菜希は兄のことを引きこもりだと思っているのかもしれない。

「ただ映画を観に行くだけだよ」

「ふーん……それで誰と観に行くの？」

教えるとついていくとか菜希は言い出しそうだ。

「一人で観に行くかもしれないよ？」

「ハッキリ言わないところが怪しい……。もしかして……オッパイ星人!?」

菜希の中で上原はオッパイ星人で認識されているようだ。

「オッパイ星人言うな。上原さんだ」

あ、やべ……自分で相手をバラしてしまった。

「あーやっぱりそうなんだ！　菜希も一緒に行く！」

予想通り一緒に行くと言い出す菜希。

「予約で席二つしか取ってないから菜希は来ても観られないよ」

「あーズルいぃ」

菜希は不満そうにしているが、これ以上構っているとこのままでは遅刻してしまう。

「わかったわかった、今度どこか連れていってあげるから今日は我慢して」

「むぅ……我慢する」

そのワガママな振る舞いは、中学生とは思えないお子様ぶりだった。

「遅刻しちゃうしもう行くから」

そう言って菜希を宥《なだ》め遠山は駅へと急いだ。


映画館が併設されているショピングモール最寄り駅の改札前で、遠山は上原と待ち合わせをしている。

改札を抜け、待ち合わせの場所に向かうと一際目立つ女性が立っていた。緩いパーマをかけた明るい髪色で豊かなバストの美少女といえば上原しかいない。

——うわぁ……上原さんメチャ目立つな。

上原はハッキリ言ってかなりの美少女だ。その華やかな容姿は通行人の目を惹《ひ》き注目を集めていた。

それに対して遠山の地味なことといったら。

——ちょっと帰りたくなってきた。

これで上原と並んで歩いたら、また別の意味で目立ってしまう。遠山と上原はなんて不釣り合いなのだろう。

それにしても普段は制服だからそれほど感じないが私服姿の上原は本当に可愛《かわい》かった。

これが上位カーストか……上原の親友の相沢《あいざわ》もベクトルが違うけど美少女だ。

──うーん……声を掛けづらい。

「遠山！　こっちだよ、こっち！」

圧倒的な存在感に尻込みしていた遠山に気付いた上原が、少し離れたところから声を掛けてきた。

上原の行動に反応して周囲の通行人の視線が遠山に集まる。

もうこれは行くしかないと遠山は腹をくくり上原のもとへと向かった。

「上原さん、待った？」

「まだ、時間前だから大丈夫だよ」

「ならよかった。それにしても……上原さんのその格好可愛いね」

オフショルダーのブラウスに花柄のキュロットスカート、ウェッジサンダルというファッションだ。肩が出ていて胸元も広く開いているので、豊かなバストの上原が着ると凄《すご》い破壊力だ。

「ホント!?　えへへ……可愛いって言ってくれて嬉《うれ》しい」

上原は見た目が派手で近寄り難《にく》い雰囲気だけど、言葉遣いも中身も至って普通でとても接しやすい。

「さっき遠くから見た時、この辺にいる女性の中で一番可愛かったよ」

嘘《うそ》偽りなく上原はこの駅周辺で一番輝いていた。

「そ、そんなに褒められると……ちょっと恥ずかしいかも」

はにかむ上原は頬《ほお》を赤く染め、照れくさそうに微笑《ほほえ》んだ。

「それにしても本当に遠山って女慣れしてるよね。普通そんな言葉サラッと言わないよ？」

同じ年代の男子の基準が不明なので、女慣れとかよく分からない。ただ当の本人が言っているので、女慣れしているように感じるのかもしれない。

「なんか、その辺はよく分からないかな。可愛いと思ったから正直に言ってるだけなんだけど……それに比べて僕は地味過ぎて、上原さんとは不釣り合いだなぁって」

「そ、そんなことないよ」

「僕はお洒落に気を遣ってなかったからこんなのしかなくて……」

普段あまり人目を気にしない遠山も、こうやって上原と並ぶとさすがに気になるようだ。

「確かにちょっと地味かな。春先なのに上下ともに暗いカラーを選んでるからね。春らしい明るい色を選べばいいんだよ」

お洒落に気を遣っている上原らしくすぐに問題点を挙げていく。

「あ、そうだ！　上映まで時間があるし洋服見ていかない？　遠山のコーデしてあげるよ。FU《フ》－GU《ジーユー》みたいな安いブランドの店もあるから行ってみよ」

ちょうどいい機会なので、遠山は上原の提案に乗ることにした。

「そうだね。ちょっと見てみようか」

「うん！」


それから色々なアパレルショップを見て回った二人は、予算の都合から格安で洋服が買えるFU－GUに移動し、店内を物色していた。

「このシェフパンツいいね。このジャケットに合わせればシンプルだし遠山にも似合うよ。インナーは今着てるロンTで十分だし」

さすが上原、遠山に似合うコーデをテキパキと選んでいる。

「パンツ五九〇円とか……安いね。ジャケットも一五〇〇円だし買っていこうかな」

こうして服選びをしていると、少しはお洒落に気を遣ってみようという気持ちになってくるから不思議だ。

上原と出掛けることで、一組くらいお洒落着は持っていた方がいいなと思うようになった。

「うん、いいと思うよ。サイズ選んで試着してみようよ」

遠山は試着室で上原に選んでもらったパンツとジャケットに着替え、恐る恐る試着室の扉を開ける。

「どうかな？　サイズはピッタリだと思うけど」

「うん、サイズもピッタリで丈詰めの必要もなさそうだし、遠山にも似合ってて良いと思う」

「じゃあこれを買おうかな」

これで少しは外出する時に恥ずかしくない格好ができそうだ。

「じゃあさ、買った服に着替えてから今日はデートしようよ」

今日のこれって上原の中ではやっぱりデートなんだな。

「そうだね……買ったらトイレで着替えるよ。ここで着て帰るのはさすがに恥ずかしいし」

「あ……よく考えたらこのスニーカーじゃ合わないなぁ。靴も売ってるし見てみよっか」

靴も合わせないと変な取り合わせになってしまうし、どうせだから一式揃《そろ》えてしまおう。

上原が選んだ服ならば彼女と一緒にいても違和感は少ないと思う。上原は美少女、遠山は地味。不釣り合いなのは人としてベースが違うのでどうしようもない。これは服でカバーできる問題ではないから諦めるしかないけど、できる努力はしておくべきだと遠山は考える。

会計を済ませた遠山はトイレで着替えて洗面所の鏡を見る。

――うん、さっきのジーンズとパーカーより遥かにマシになった。

遠山はトイレの外で待っている上原の前に姿を現した。

「遠山、イイじゃん。うん、シンプルで明るいコーデで似合ってる。後は髪を切ればもっと素敵になるよ」

遠山は前髪が目に掛かるくらい長いので野暮《やぼ》ったく見えるのだろう。

「そういえばさっき千円カットを施設内で見掛けたから、そこで切ってもらおうよ。私がどんな風にカットするか理容師さんに指示するから」

上原のコーディネイト魂に火をつけてしまったのか、遠山のイメチェンに凄く熱心だ。

「でも、時間大丈夫かな？」

「千円カットは十五分くらいで終わるし、客待ちがなければ大丈夫だと思うよ」

千円カットの理髪店は幸運なことに客の待ちがなかったので、すぐにカットしてもらえた。

彼女が彼氏の髪型の指示をしているように見られ、年配の女性の理容師さんに微笑《ほほえ》ましく思われてしまったようで、遠山は少し恥ずかしかった。

「うん、髪の毛もスッキリして服と合わせて清潔感が出て爽やかな感じになったね」

上原いわく、千円カットの理容師さんは数を熟《こな》しているので技術的には高いそうだ。彼女は本当にそういうことに詳しい。

「まだ不釣り合いなのは変わらないけど、これで一緒に歩いてても上原さんに恥をかかせなくて済みそうだよ」

「そんなこと気にしなくてもいいのに。どんな格好でも遠山は遠山だよ」

嫌がらせの一件のこともあり、上原に関わる以上それ相応の努力をしなくてはならない。そうでないと同じことを繰り返すことになる。

「そう言ってもらえるのは嬉しいけど、それは上原さんが僕のことを少しでも知ってるからだよ。僕のことを知らない人は上原さんと一緒にいる僕を見て『なんであんな地味な奴《やつ》が』って思ってるよ」

そう考えるとスクールカーストという形はある意味正しいともいえる。会話に気を遣い、ファッションに気を遣い、自分の容姿を磨きあげた仲間と集団を作る。

ただ、その集団が他の人間を見下すようになるからいけないのだ。だが、努力を怠っている人間はそれ相応のポジションになってしまう。遠山がまさにそうだ。

でも、上原はそのカーストに穴を開けた。遠山や高井を見下すことなく歩み寄ってきてくれる。

「見た目で人は判断できないのにね」

「確かにそうだけど上原さんが嫌がらせに巻き込まれたのも、僕が地味だったからというのが理由だし。残念だけどそういうものだよ」

「遠山って現実的だね」

「捻《ひね》くれてるだけだよ」

「でも、今日は私に合わせて変わろうって思ってくれたんでしょう？　そうやって歩み寄ってきてくれるのは嬉しいな」

お互い歩み寄る精神があれば平和なのだろうが、それは理想論で実際には無理なことなのは分かっている。だから自分が合わせられる範囲で努力していこうと思う。

上原と親しくなることで自分も変わらなければならない、そう思う遠山だった。


洋服を選んだり髪を切ったりしていたお陰で、あっという間に時間が過ぎ、上映時間も間近に迫った遠山たちは映画館へと移動した。

「わ、凄い人」

映画館に入場するとそこは人でごった返しており、その人混みを見て上原が声を上げた。

話題の作品を観《み》にきたであろう家族連れやカップル、友達同士、おひとり様と色々な客層にこの作品がウケているのが分かる。

「さすが話題の人気作品だね。事前に予約しないと絶対に席が取れなそうだ」

チケットを自動受付機で発券し、指定のスクリーンへと移動する。

ちょうど前方が通路の席なので、前の人の頭が邪魔にならず快適に映画を観ることができそうだ。

「遠山、ここの並びだよ」

「良い場所が取れたね」

「そうでしょ!?　選んだ私を褒めて」

上原が自慢げにエッヘンとその大きな胸を張った。

「上原さんえらいえらい」

「えへへ、遠山に褒められた」

上原は本当に楽しそうで、遠山もそれに釣られ、なんとなく楽しくなってくる。

程なくして館内が暗くなり予告編が始まった。

映画はこれから始まるというこの予告編が一番ワクワクする瞬間だ。

「暗くなって予告が始まった時がワクワクするよね」

上原も同じ気持ちらしくソワソワし始めた。

予告編が終わると、いよいよ本編が始まり期待感がより一層高まる。

館内の照明が更に暗くなり、物語が始まろうとしている。

スクリーンが左右に広がり、物語は大音量の戦闘シーンから始まった。

冒頭から迫力の戦闘シーンで心が躍る。


そして物語は佳境を迎えた。

鬼伐組《きばつぐみ》の頂点、壁の一人が強敵を退けることに成功した。しかし激しい戦いに傷付きその命は風前の灯《ともしび》だ。

主人公に自らの命といえる剣を託す壁。

『この剣を弟に……頼む……』

コクリと頷《うなず》き、その剣を無言で受け取る主人公。

『必ず届けます……』

満足そうに微笑むと剣から壁の手がスルリと落ちた。

『――ッ！　……必ず』

鬼伐組最強の一角、四壁の死を遠山は原作のコミックで知っていたが、迫力の映像と声優の迫真の演技で心を締め付けられる素晴らしいシーンだった。

「グスッ……」

隣でスクリーンに釘付《くぎづ》けになっている上原からすすり泣く声が聞こえた。館内にも観客のすすり泣く声が広がり始める。

実は遠山もじんわりと目に涙を溜《た》めていた。

——こ、これは泣くなという方が無理だ。

なんとか涙を溢《こぼ》さないように我慢していると、不意に遠山の左手が暖かい感触に包まれた。

上原が遠山の手の上に自分の手を重ねてきたのだ。隣に座っている彼女の顔は涙に濡《ぬ》れ、スクリーンの放つ光を反射して輝いていた。

美しい——

上原の横顔を見た遠山は、その言葉しか思い浮かばなかった。

遠山は上原の横顔に見惚《みと》れてしまい、映画を観るのも忘れてしまう。

物語が終わりを迎える頃には、遠山と上原は指を絡めて手を繋《つな》いでいた。

二人はエンドロールが流れる間も手を繋ぎ続けた。

そして館内が徐々に明るくなり、ザワザワと会話を始める観客たち。

遠山と上原は静かに物語の余韻に浸っていた。

「どぉやまぁ……よがったぁ！」

しばらくの沈黙の後、上原が夢の世界から現実に戻ってきたようで、凄《すご》い鼻声で遠山に話し掛けてきた。涙と鼻水に濡れた上原はせっかくの美少女が台無しだ。

「ち、ちょっと上原さん……鼻かんで、ほら」

ポケットティッシュを渡すと一枚取り出し、思い切りチーンと鼻をかんだ。

——美少女でも鼻はかむんだな……

遠山はそんな当たり前の感想を抱いた。

「上原さんもう行ける？」

数分が経《た》ち、気持ちが落ち着いた頃を見計らって上原に尋ねてみた。

「うん、もう大丈夫。メイク崩れちゃったからトイレ寄っていく」

上原は学校の時と違って軽くメイクをしていた。素顔でも十分に可愛《かわい》いが、服装に合わせたメイクとか女子にしか分からない事情があるのだろう。

「それじゃ行こうか」

遠山がそう言うと上原は一度離した手をもう一度繋ごうと遠山に催促してきた。

——ま、いっか。

遠山は上原と再び手を繋ぎ化粧室へと向かった。

「僕はこの辺にいるよ」

「うん、少し時間かかるかも」

「そこのベンチに座って待ってるからゆっくりで大丈夫だよ」

化粧室へと続く通路の手前で立ち止まった遠山は、誰も座っていないベンチを一瞥《いちべつ》した。

いった。

「分かった、じゃあいってくるね」

上原は遠山と繋いでいた手を名残惜しそうに離し、化粧室へと続く通路の奥へと消えていった。

「はぁ……なんかまずいなぁ……」

上原と恋人のように指を絡めていたことを思い出し、遠山は思わず溜息《ためいき》をつく。

「それにしてもなんか暑いな……もう春先なのに暖房効かせてるのかな？」

遠山の手には上原の柔らかい手の感触と熱が残っていた。その熱が自分の心に火をつけ身体を火照《ほて》らせていたことに本人は気付いていない。

遠山はベンチに腰掛けスマホで小説を読みながら上原を待っていた。

「あれ？　遠山？」

読書に集中できずにいた遠山は突然掛けられた声にビクッと身体を震わせ、声のした方に振り返る。

「え？」

そこにはクラスメイト四人の顔ぶれがあった。

「ああ、やっぱり遠山くんだ。なんかサッパリしてて一瞬別人かと思った」

「お、奥山《おくやま》くん？　それに小嶋《こじま》さんも……」

ホームルームをジャックした翌日に遠山を見直したと声を掛けてきた奥山翔太《しょうた》とその彼女の小嶋理絵《りえ》だ。この二人はクラスでも公認のカップルで、一緒にいることは不思議ではない。

「俺たちはみんなで映画を観にきたんだよ」

──倉島《くらしま》!?

奥山は後ろにいる倉島と石山沙織《いしやまさおり》の二人を一瞥した。

石山は黒髪のロングで顔立ちはキリッとしていて、背が高めの正統派美人の女子だ。

「そ、そうなんだ……」

よりによってこんなところで倉島に会うとは……上原と一緒にいるところを見られてはいなかったようで遠山はホッと胸を撫《な》で下ろした。

「それで遠山は買い物かなんか？」

「その……僕も映画を観にきたというか……」

いつ上原が戻ってくるか気が気でない遠山は、奥山の問いに歯切れの悪い返答をする。

「お、もしかして遠山も『鬼討の剣』だったりする？」

「う、うん」

「おお！　で、もう観た？　俺たちはさっき観てきたんだけど」

早く話を切り上げてやり過ごそうとした遠山だったが、相手が話に食いついてしまい返事の選択を誤ったことを後悔した。

「僕たちも今観てきたばかりだからみんなと同じ上映の回だったのかも」

「僕たち？　もしかして遠山、誰か待ってる感じ？　さっきからソワソワして何か気にしてるみたいだし」

――ヤバッ！

遠山は誰かと一緒にいることを匂わせてしまい、それを奥山に突っ込まれ墓穴を掘ってしまう。

なんとか話を早く切り上げ、上原と倉島を会わせないように考えていたが、それだけの話術を遠山は持ち合わせていなかった。

「あ、いや……映画面白かったね」

「遠山……なんか怪しいなぁ……もしかしてデートだったりする？」

会話を逸らそうと遠山は試みるが、かえって怪しまれる結果になり遠山は自分のコミュニケーション能力の低さを恨んだ。

「あー確かに髪の毛もサッパリしてて服装もお洒落《しゃれ》だし、学校での遠山くんとなんか違うよね」

奥山の彼女である小嶋は遠山のイメチェンにいち早く気付いたようだ。

「ホントだ。これはますます怪しいなぁ……俺にだけコッソリ教えてくれてもいいんだぞ」

そう言って遠山に肩を組んでくる奥山はなぜか楽しそうだ。

「翔太、そんな奴《やつ》放っておいて行こうぜ」

今まで奥山と小嶋の後ろで黙っていた倉島は不機嫌さを隠すことなくそう言い放った。

遠山にとってはむしろありがたい言葉だった。

「おいおい和人《かずひと》、そんなに邪険にしなくてもいいだろ？　せっかくクラスメイトと偶然会ったんだから仲良くしようぜ」

――仲良くしなくてもいいので早く立ち去ってください。

上原が戻ってくるのは時間の問題だ。それまでにクラスメイトと何としても別れなくてはならない状況で奥山の気遣いがありがた迷惑であった。

だが遠山は歓迎されてない状況を逆手に取り、意を決して立ち去るための行動を始めようとした。

「なんか歓迎されてないみたいだし僕はトイレに――」

「遠山、お待たせ……」

トイレに行くからと言い掛けたが時すでに遅し、上原が戻ってきてしまう。行動を起こすのがひと足遅かったようだ。

「って……理絵？　それに和人まで……」

「麻里花《まりか》!?　そんなバカな……」

上原の姿を見た倉島が驚きの表情を見せ、その言葉は落胆の色を隠せていなかった。

「えーっと……これはどういう状況なの？」

いまいち状況が見えていない上原が誰に言うともなく呟《つぶや》いた。

「みんなで映画を観《み》にきたんだけど、遠山を偶然見つけてさ。で、待ち合わせの相手が上原さんだったってオチ」

姿を現したのが上原だったことに特に驚くでもなく、奥山が今の状況を上原に説明した。

「でも、遠山のデートのお相手が麻里花だったとはねぇ……」

上原と仲が良い小嶋は少し驚いた様子だった。

「ぼ、僕たちデートってわけじゃ……ね、ねえ？　上原さん？」

「え……そ、そうそう映画を観にきただけだよ……うん……」

遠山は照れ隠しで上原に同意を求めたが、それを聞いた彼女は少し悲しそうな表情を浮かべ、その言葉尻は消え入るように弱々しくなっていった。

「遠山、もう少し女心というものを理解した方がいいかもなぁ。遠山にデートを否定されて上原さん少し落ち込んでるっぽいぞ」

上原の様子を見た奥山が何かを察したのか再び遠山と肩を組み、他のみんなに聞こえないように少し離れた場所まで移動し、真剣な眼差《まなざ》しで語り掛けてきた。

「でも、本当に僕たちそういう関係じゃ……」

「あのな、遠山がそう思っていなくても、相手がデートだと思って楽しんでるかもしれないだろ？　だったらお前もそのつもりでデートしないと相手に失礼だと思わない？　それとも上原さんと嫌々デートしてるのか？」

「嫌々だなんて……そんことないしとても楽しいよ」

「だったら遠慮せずに堂々と楽しめよ。それだけで上原さんは喜んでくれると思うぞ」

奥山は女性の機微に敏感で余裕もあり、やはり彼女持ちは女心も分かっていて自分とは違うんだなと遠山は痛感した。

「そっか……そうだよね」

「遠山は後で上原さんのフォローをちゃんとしとけよ」

そう言って奥山は遠山と組んでいた肩から腕を外した。

「う、うん……分かった！　奥山くんありがとう」

遠山の言葉を背中で聞いた奥山は片手を上げ、ひらひらと手を振りながら小嶋たちのもとへと戻っていった。

「じゃあ、俺たちお邪魔虫は退散するよ」

奥山と小嶋のカップルは、遠山と上原に対して気を利かせてくれているのがよく分かる。

「二人の邪魔しちゃ悪いから私たちも行こう。ね？　和人？」

終始無言だった石山が呆然《ぼうぜん》としている倉島の手を引き、早々に遠山のもとを離れていった。その時の倉島は嫉妬や怒りという感情が混ざった敵意を遠山に向けていた。

「また学校で。じゃあな」

奥山と小嶋はそう言って倉島と石山の後を追うように立ち去り、残った遠山と上原は気まずい雰囲気の中、無言で立ち尽くしてた。

「ええと……上原さん、なんかゴメン」

残された二人の間には微妙な空気が流れていた。先ほど奥山に言われた言葉を思い出した遠山は、上原に謝罪するがプイッとそっぽを向かれてしまう。

「遠山が謝ることは何もないよ。私が一方的にデートだと思い込んでただけだしね」

上原は明らかに拗《す》ねているようだ。

「ほんとゴメン。その……デートとか初めてで知り合いに見られて恥ずかしかったし、動揺しちゃったんだ」

不機嫌な上原の様子に遠山は慌てて言い訳をする。怒らせてしまった女の子を目の前にしたのは初めての経験で、何とかご機嫌をとろうと必死だった。

「遠山は女の子と一対一なら平気そうなのに、あまり交流のない集団が絡むと途端にダメになるよね」

「面目ない……でも、みんなの前ではああ言ってしまったけど、デートだと思ってるし今日は凄《すご》く楽しいよ」

「ホント!?　照れ隠しだったのなら許してあげる。それに遠山の初デートの相手が私だって分かって嬉《うれ》しい……」

遠山はデートという過程をすっ飛ばして高井との行為に至っている。そのせいで今日のような不測の事態に上手《うま》く対応できずに上原の機嫌を損ねてしまった。

だが遠山が初デートということを知った上原は、すぐに機嫌を直しその表情には笑顔が戻っていた。

「映画凄く良かったね。私、途中からずっと泣き放しだった気がする」

奥山たちと別れた後、遠山と上原の二人はショッピングモールをブラブラと散策しながら映画の感想を語り合っていた。

「あの演出じゃ泣くなという方が無理だよ。声優の演技とBGMも素晴らしくて僕も胸にくるものがあったよ」

確かに壁が死ぬ前辺りから上原はグスグスと鼻をすすっていた記憶がある。

遠山もクライマックスのシーンでは溜《た》まった涙を堪えるので精一杯だった。

「ホント、完全に観客を泣かしにきてる展開だったよね」

あのシーンはアニメだからこそできた演出だろう。

「ねえ、喉も渇いちゃったし、『鬼討の剣』のコミックをもう一回読みたくなっちゃった。

遠山がこの前言ってたネットカフェに行ってみようよ？　コミック全巻置いてあるんでしょ」

　遠山がたまに利用しているネットカフェが近くにある。オープンカフェのエリアもあるからそこで休憩するのも良いアイデアだ。

「じゃあ、僕がよく利用しているネットカフェが近いし、行ってみようか」

「さんせー！」

　遠山と上原は休憩がてらコミックを読みに、ネットカフェに行くことになった。

「ネットカフェ行ったことないから楽しみ！」

　そう言って上原は遠山に腕を絡め早く行こうと催促する。

　今日の上原は全てが楽しいようで、何をするにも身体全体で喜びを表している。一緒にいる遠山も気分が高揚していくのを自分でも感じた。


「うわぁ広いし綺麗《きれい》だね」

　お洒落《しやれ》なオープンカフェを見回す上原は、その広さに驚いているようだ。

　ネットカフェというのは何となく汚いイメージがある。このネットカフェは女性客にも気軽に利用してもらえるように、企業努力をしているのだろう。

「へえ……色々な料理も用意してあるんだ。パスタ、カレー、ラーメン……カラオケ屋さんみたいだね」

　上原は店内に貼ってあるポップやポスターを楽しげに眺めている。

　カラオケボックスも、カラオケとランチのセットみたいなのをやっていると遠山は聞いたことがあった。

「えっと……オープンカフェでいい？」

　遠山は自由にテーブルを移動できる、カフェスタイルのオープンカフェの料金表を指差し、上原に同意を求めた。

「私、こっちがいい」

　上原が指差した料金表を確認する遠山。

　――カップルシート⁉

「え？　なんで個室？」

「えーだって静かなところでゆっくり話したいし、個室って興味あるし」

「ま、まあいいけど……で、どっちにする？」

　靴を脱ぐ必要があり、足が伸ばせてクッションが置いてあるフラットシートと、靴のまま利用するカウチソファーの部屋の二種類が選べる。

「フラットシートがいい！」

　上原は即答だった。

「じ、じゃあフラットにしようか」

「カップルシートでフラットの方お願いします」

上原をチラリと見た後、カップルシートの利用を告げた遠山を見やる男性スタッフ。これはいつものアレだな。上原を連れている遠山に対する値踏みみたいなやつだ。

普通、人は相手に思うところがあったとしても、何かをすることはない。だけどそういう人間だけではない。だから嫉妬による逆恨みの火種は学校だけではなく、どこに行っても付きまとう。


遠山は受付伝票を受け取り、足早に個室へと向かった。

「個室は下の階だからそこの階段から降りるよ」

「あ、遠山ちょっと待って。『鬼討の剣』のコミック一緒に持っていきたいから探してくる」

「それならそこだよ」

遠山は人気マンガコーナーを指差す。

「あれ？　十巻までしか置いてないよ」

十一巻以降がないと上原が尋ねてきた。どうやら貸出中のようだ。

「十一巻以降は誰かが持っていってるんじゃないかな。また後で確認に来ればいいよ」

「むう、残念。じゃあ、後はドリンク持っていこう」

上原はなかなかに欲張りで、コミックとドリンクを一気に持っていこうとしている。

「そんなに持てないし、本置いてからもう一回来よう」

そんなやり取りをしつつ、遠山たちは指定の個室へ移動した。

「うわぁ……これは思った以上に個室だね」

個室に入ると上原が驚きの声を上げた。

上部は空いているので完全な個室ではないが、フラットな床にソファーが置いてあり基本寝転ぶスタイルのように感じる。仮眠をするにはいいかもしれないが、長時間マンガを読むには向いていないように遠山は感じた。

「カップルだとエッチなことできちゃいそうだね」

実際そういうことをするカップルもいる、という話を遠山は聞いたことがある。

「ラブホテル代わりに使おうとする人もいるらしいけど、天井に防犯カメラが付いてるし無理だと思うよ」

上原は天井を見上げてカメラを探しているようだ。このネカフェでは小さくて丸いドーム状のカメラが天井に何箇所か設置してある。

「あ、あれがそうかな？　なんか透明な丸いのがある」

「そうそうあれが防犯カメラだと思うよ」

「ちゃんと見られてるんだねー」

「そういうこと。泊まりの人とかもいるし、盗難も多いみたいだしね。防犯カメラが付いてるだけでも防犯にはなるんじゃないかな」

実際にネットカフェでは盗難はもとより、犯罪も多いようなので防犯カメラだけでなく、完全に個室にはなっていないようだった。

「このパソコンは使っていいの？」

初めてのネットカフェに興味津々な上原は、アレコレと遠山に質問してくる。

「パソコンで調べ物してもいいし動画を観《み》てもいいし、ゲームやってもいいし基本的には自由に使っていいと思うよ」

「ふーん……ねえねえ、なんかエッチっぽいアイコンがあるよ？　これ何？」

「なんだろ？　グラビアアイドルかなんかのＰＶとかかな？」

遠山たちは未成年なのでアダルト関連は視聴できない。

「ちょっと観てみよう」

そう言って上原はマウスを操作し、アイコンをクリックする。

起動したアプリでは色々なグラビアアイドルのＰＶが観られるようだ。

「遠山はどの子が好み？」

ウインドウに並んだ、グラビアアイドルの画像とプロフィール一覧を前に、上原が遠山に好みの女の子を聞いてきた。

　上原が目を輝かせて遠山の答えを待っている。

　遠山は自分の好みの女性とか考えたことなどなかった。

　このグアビアアイドルの人たちには申し訳ないと思いつつ、上原の方が何倍も可愛《かわい》いと遠山は感じた。スタイルだって彼女はグラビアモデル並みだ。

　だから遠山は正直に答えることにした。

「えっと……自分の好みとかよく分からないんだけど……上原さんの方が何倍も可愛いよ」

「ま、またそういうことを恥ずかしげもなく言っちゃうの……もう……遠山って天然だよね」

「天然って？」

「天然のお・ん・な・た・ら・し！」

　それを聞いた遠山は、自分の容姿でどうすればそうなるのだろうかと疑問に思う。

「この地味なルックスでどうすればそうなるのさ？」

「遠山……あのね、ルックスってあんまり関係ないんだよ。顔が良くてもクソみたいな性格のもいるでしょう？」

　クソみたいとはまた意外にも上原は口が悪かった。

「ま、まあ、いるねそういうの」

遠山はクラスの誰かを思い出し、苦笑する。

「私は学んだの。男は顔じゃない、中身だって……あの頃は本当に分かってなかったなって反省しているの。それでね——」

上原が男について熱く語り始めた。

「——というわけなの」

ちょっと話が長かったので、遠山はあまり聞いてはいなかった。半分は上原の理想の男性像だった気がする。

「そ、そうなんだね。よく分からないけど」

映画を観てテンションが上がっているのか、今日の上原は饒舌《じょうぜつ》だ。

「でね——」

「ぼ、僕、喉渇いたからドリンク取ってくるよ」

遠山はまた語り始めようとした上原の言葉を遮って、返事を待たずに部屋の外に出ようと立ち上がった。

このまま放っておくと、その話題だけで時間が潰れてしまいそうだ。

「あ、私も行く」

「じゃあ、貴重品は置いていかないようにね」

上原の理想の男性像を聞かされ続けても、反応に困るだけの遠山はホッと胸を撫《な》で下ろした。

ドリンクバーの前に移動した上原は目を輝かせていた。

「うわあ、下手なファミレスよりドリンクバーが充実してるね」

ソフトドリンクからティーバッグ、ソフトクリームサーバーまで揃《そろ》っている。

上原はすでにドリンク三つ、それとソフトクリームをトレーに載せている。

「タダなんだから色々と飲んでみないとね。遠山は何がいい？」

料金に含まれてるから無料ではないと思う遠山だが、そういう野暮《やぼ》なことは言わないでおこう。

「えーと……僕はコーラで」

上原は新しくコップを用意しコーラを注ぎ始めた。

「私、洗面所に行くから遠山は先にドリンク持って部屋に戻ってて」

「分かった。部屋の番号覚えてる？」

「うん、覚えてる」

「じゃあ、先に戻ってるよ」

上原と別れた遠山は、トレーに載せたドリンクを持って先に個室に戻った。

よっぽど映画が面白かったのだろうか、映画を観終わってから上原のテンションが高い気がする。

「ま、楽しんでくれているならよかった」

遠山は個室のパソコンで、ネットカフェに置いてあるコミックの検索を始めた。

「そういえば……新刊発売されてたかな？」

検索結果から何冊か読みたい新刊が出ているようなので、後で探しに行こう。

パソコンに向かい検索をしていると、個室のドアが開く音が聞こえた。

「上原さんおかえり」

上原が戻ってきたのだろう、遠山はＰＣのモニターに向かったまま、彼女にひと声掛けた。

パタンとドアが閉まる音がした直後、背中全体を暖かくて柔らかいものに包み込まれた。

上原が背中から腕を回し、遠山に抱き付いてきたのだった。

「う、上原さん⁉」

背中に当たる柔らかい感触と上原の良い匂い。彼女の心臓の鼓動と息遣いを感じるほど密着している。

「ねえ、遠山……私が学校でも腕を組んだりしてるのに全然動じないよね。私って女性としてそんなに魅力がないのかな？」

遠山の耳元で、吐息が当たるほどの距離で上原は囁《ささや》いた。

「そんなことは……ない、よ。上原さんはとても魅力的だ」

「嘘《うそ》、いつも平然としてる」

本当だ。その証拠に遠山は今、かなり動揺している。

上原の身体の温《ぬく》もり、シャンプーや香水とは違う良い匂い、背中に当たる大きな胸の感触。全てが遠山にとっては刺激的だ。

上原の身体は肉付きも良くて柔らかい。高井は細身だけど柔らかいが上原ほどではない。

遠山は高井のお陰で、少しは女性に対して免疫があった。だから学校という公共の場所では、上原のスキンシップも受け流すことができていた。

でも、この個室で魅力的な上原に密着された遠山は、理性を保つので精一杯だった。

遠山はごく普通に性欲を持っている男子高校生だ。高井がいるとはいえ、これ以上、上原にアクションを起こされたら拒むことはできないかもしれない。

セックスに不自由していないのと、今この場での性欲とは別の話だ。

「上原さん、防犯カメラで見られてるよ」

そう告げると上原が背中から離れた。遠山は後ろ髪を引かれる思いであったのを否定できなかった。

「遠山、困らせちゃったね。ゴメン」

振り返ると上原は申し訳なさそうに俯《うつむ》いた。

「いや、いいんだ。上原さんの気持ちは分かってる」

遠山はラブコメの主人公のように鈍感ではない。

上原が遠山に好意を寄せているのは分かっている。彼女が何もアクションを起こさなければ遠山は気付かないフリで通しただろう。

でも、上原はこうして好意を隠さず行動してきている。ならば気付かないフリをするのは不誠実だ。

ただそれが上原の一時的な気の迷いなのかは遠山には分からない。

誹謗《ひぼう》中傷を受けた時の吊《つ》り橋《ばし》効果のようなものかもしれない。

「遠山……私のこと嫌い？」

上原は自身なさげに呟《つぶや》いた。

「嫌いだったら今、一緒にいないよ」

「そうだよね……だったら少しは期待していいかな」

上原のその言葉は遠山に対しての質問なのか、独り言なのか判断はつかなかった。

だから遠山は否定も肯定もしなかった。いや……できなかったと言った方が正しいかもしれない。

「あはは、なんか湿っぽくなっちゃってゴメンね。せっかく映画で盛り上がってたのにね……持ってきたコミック読もうかな」

上原は努めて明るく振る舞い、その場の空気を戻そうとしている。

「僕も読みたいコミックがあるから探してくるよ」

一度この場を離れ、気持ちをリセットした方が良いと判断した遠山は、個室から外に出た。

「ふぅ……」

遠山は深呼吸をして落ち着くように努めた。

実のところ上原に迫られて心臓はバクバクと高鳴り、密着されたことで昂《たかぶ》ってしまっていた。

――まあ、しょうがないよな。

上原に迫られて何も感じない男なんてほとんどいないだろう。

遠山は気持ちが落ち着くまでコミックを探しながら時間を潰した。

その後、個室に戻った遠山は、上原とは何事もなく無難に会話をして時間を過ごした。

ネットカフェに長時間滞在したこともあり、今日はそのままお開きになった。

遠山と上原は別の路線で帰るので駅前でお別れすることとなる。

「遠山、今日は楽しかったよ。また遊びに行こうね」

「僕も楽しかったよ。洋服選んでくれてありが――」

不意打ちだった。

上原の唇が軽く遠山の頬《ほお》に触れた。

人通りの多い駅前で、大胆にも上原は遠山の頬にキスをしてきたのだ。

「おやすみなさい！」

顔を真っ赤に染めた上原は、逃げるように駅へと走っていった。

遠山は頬に手を当て、走っていく上原の背中を呆然《ぼうぜん》と見送った。


上原と別れた後、遠山は高井の家へ向かっていた。

今日は高井と会う約束はしていない。

遠山は上原に迫られ昂ってしまい、それを解消できないままでいた。パートナーがいないなら自慰をして鎮めるのだろう。

だが遠山には、都合の良い関係の高井がいる。だから会いたくなり遠山は彼女の家に足を向けて歩いていた。

遠山は高井の家の前でメッセージを送った。

『今、高井の家の前にいる。今から会える？』

第六話　高井柚実は何を思う

I am boring, but my classmates do not know what I am doing in your room.

佑希《ゆうき》と上原《うえはら》が映画を観《み》に行っている日の夜、高井《たかい》は自分の部屋で静かに過ごしていた。

勉強をしようと机に向かったものの身が入らず、読書を始めたがそれも集中できず、結局ベッドに寝転び何もせずにいた。

――もしかしたら二人は今頃……

佑希と上原は今、高井といつも部屋でしているように抱き合っているのかもしれない。

そんなことを考えていると、どことなく寂しさを覚えた高井は下半身に手を伸ばし、パジャマの上から大事な部分に触れる。

「あ……」

ヴーッ！　ヴーッ！　ヴーッ！

高井が自分を慰め始めた矢先、スマートフォンのバイブがけたたましく鳴り響く。集中しかけていた高井はスマホを置いたサイドテーブルの振動に驚き、ビクンと身体を震わせた。

慌ててスマホを手に取り確認すると、佑希からメッセージが届いた旨の通知が表示されていた。

『今、高井の家の前にいる。今から会える？』

上原と映画を観に行ったはずの佑希からメッセージが届く。佑希が高井の家に唐突にやってきたのだ。

高井は慌ててベッドから起き上がり、足早に玄関へと向かった。


「佑希、髪を切ったんだ。それにお洒落《しゃれ》になった」

高井の前に現れた佑希は髪の毛を切り、シンプルなファッションに身を包みお洒落な姿に変わっていた。

「あ、ああ……僕があまりにもみすぼらしい恰好《かっこう》だったから、上原さんが見兼ねてコーディネイトしてくれたんだ」

佑希は爽やかなイメージになりとても似合っていた。

上原は佑希のことをよく分かっていて一生懸命尽くしているのが理解できる。

「そう……とても似合ってる」

「あ、ありがとう。高井にそう言われると嬉《うれ》しいよ」

高井に褒められた佑希は相好《そうごう》を崩した。

「いきなり来てゴメン。なんか急に高井に会いたくなっちゃって」

佑希から高井を求めてくるのは、心に何かしらの刺激があった時が多い。上原と何かあったのかもしれない。

それでも高井は佑希が求めてくればそれに応える。理由はいらない。それが佑希と高井の関係なのだから。

「ん、別に誰もいないから大丈夫。私も佑希に会いたいと思ってた」

会いたくなったと佑希に言われたことが嬉しくて、つい高井も会いたかったと返してしまう。

佑希は目を丸くして驚いていた。高井がそんなことを言うとは思っていなかったのだろう。高井自身もこんなことを口走ってしまったことに驚いていた。


上原に刺激され昂っていた佑希と、自らを慰めていた高井の二人はいつも以上に興奮し、いつも以上にその行為は激しかった。

高井は疲れてベッドの隣で眠っている佑希を横目に考える。

少しずつ変わっていく佑希と、それに影響を与えている上原の二人はお似合いのカップルのように思えてしまう。

――佑希は上原さんと付き合った方が幸せなのかも。

高井は佑希に貰《もら》ってばかりで何もしてあげていない空っぽな自分自身がまた嫌いになっ

た。

◇

佑希が上原とデートした翌日の昼休み、高井はいつものように一人で静かに読書していた。

だが今日に限っては読書に集中することができなかった。

『遠山《とおやま》と上原さんがデートしてたらしいよ』

『ええっ⁉　嘘《うそ》だろ？』

『残念ながら本当らしい。聞いた話だと、ショッピングモールでデート中の二人に石山《いしやま》さんたちが偶然出くわしたらしい』

『マジか……あのＳＨＲ《ショートホームルーム》の時から怪しいとは思ってたけど、やっぱりあの二人デキてたのか……』

『やっぱ二人はもうヤッてるのかな？』

『それを言うなよ……想像したらへコんできたわ……』

高井が読書に集中できない理由は、このような会話があちこちから聞こえてきたからだ。

クラス内でも人気の上原が佑希とデートしていたなどという噂《うわさ》に、クラスの男子生徒がショックを受けていることは高井にも容易に想像できた。

クラスメイトの会話など普段は気にしない高井であったが、噂されている内容に高井自身も他の男子生徒と同じように動揺を隠せていなかった。その証拠に読んでいる本の内容が全く頭に入ってこない。

高井は数人の生徒に囲まれ談笑している佑希のグループに目をやる。

噂のことで揶揄《からか》われているのか佑希は困惑した表情を浮かべ、上原は否定しているような素振りを見せながらも嬉しそうな笑顔を浮かべていた。

その上原の笑顔を見た高井は、今まで経験したことのない胸を締め付けるような息苦しさと痛みを感じ、鬱屈した気持ちを抱えていた。

——なんだろう……この胸のモヤモヤは……なんだか苦しい。

昨晩、佑希が自分を求めて家に来たにもかかわらず、高井の心は晴れなかった。

第七話　変わりゆく心

遠山《とおやま》、上原《うえはら》、千尋《ちひろ》、相沢《あいざわ》の四人は各々お弁当を持ち寄り、遠山の机を中心にして集まっていた。

最近はこの四人で集まって一緒にお昼を食べることが多くなった。

これまで一緒にお昼を食べる相手は千尋しかいなかった遠山も、最近は随分と変わってきていた。

遠山が髪の毛を切ったことに千尋は気付いたが、他のクラスメイトに何かを言われるようなことはなかった。

――劇的に変わったわけでもないしね。

ちなみに上原は、お昼を一緒に食べようと相変わらず高井《たかい》を誘っているが、いつも断られている。

断られてもめげずに誘い続ける上原の熱意に遠山は感心していた。

「遠山、今日の放課後空いてる？　グループで使える割引チケットがあるからみんなでカラオケに行かない？」

先日、上原と映画を観に行った時、別れ際にキスしたことはなかったかのように、彼女は遠山に対して普通にカラオケに誘ってきた。

「賛成！　いくいく！　最近カラオケ行ってないから行きたい！」

相沢が身を乗り出し真っ先に手を挙げた。

「前はみんなでよく行ってたけど、最近はみんなバラバラになっちゃったからね」

上原によるとカラオケによく行っていた上位カーストのメンバーは、グループチャットの一件以来バラバラになってしまったということらしい。

倉島《くらしま》を中心としたグループから上原と相沢が抜けてしまったのが大きいようだ。

「僕は今日の放課後、図書委員の業務があるから少し遅くなるけどそれでよければ」

「うん、終わるまで待ってるから全然オッケー。ね？　美香《みか》」

上原が相沢に同意を求めた。

「一時間くらいなら教室で待ってるから大丈夫だよ」

相沢も待ってくれると言っている。

「それで千尋はどうする？」

「佑希《ゆうき》が行くなら……男がぼく一人だと心細いし……」

千尋はそう言って上目遣いで懇願するように遠山を見つめる。

「ち、千尋もああ言ってるし僕も行くよ」

千尋の男性とは思えない可愛《かわい》らしい表情に負けた遠山だった。

「やった！　じゃあ、高井さんも誘ってくる」

そう言って上原は、いつものように一人静かに本を読んでいる高井のもとへ向かった。

それにしても上原が高井を誘うとは予想外だった。彼女は……行かないだろうと遠山は予想していた。

高井がカラオケで歌っている姿は想像できない。

「高井さん行くって〜」

——えっ⁉

戻ってきた上原から意外な言葉が返ってきた。

——まさか高井がカラオケへ一緒に行くとは……どういう心境の変化なんだろうか。

でも相沢もいることだし、この機会に仲良くなって彼女の交友関係が広くなればと遠山は考える。


放課後になり遠山が図書室の扉を開けて中に入ると、すでに高井はテーブル席に腰掛け読書をしていた。

図書室に来る前、上原たち三人が図書室で業務が終わるまで待つと言い出したが、騒がしくなりそうだったので、それは勘弁してくれと頼み込み、今は教室で遠山の業務が終わるのを待っている。

高井はといえば図書室の主であり、静かに読書をしているだけなので問題はない。

「佑希、手が届かない本があるから取るの手伝ってくれる？」

貸し出しや返却業務が一段落し、図書室の閉館時間も近くなり誰もいなくなったタイミングで、高井がカウンターの遠山に声を掛けてきた。

「うん、分かった」

届かないところの本は脚立を使い、いつも自分で取っていた高井にしては珍しいなと思いながら遠山は彼女の後についていく。

「あれ、お願い」

高井の探している本は図書室の袋小路になっている最奥の場所で、彼女は本棚の最上段を指差す。

「えーと……これかな？」

遠山は手に持っていた脚立に登り、指示された位置の本を手に取る。

「違う、その右隣」

高井の指示した本は普段、彼女が読まないラブコメだった。なにか心境の変化でもあったのだろうかと遠山は首を傾《かし》げた。

「はい、これで合ってる？」

「ありがとう」

遠山から本を受け取った高井はページをペラペラと捲《めく》り内容を確認している。

「これじゃない」

そう言って高井は遠山に本を返す。

「次はあれ」

高井は別の本を遠山に取らせると、再びページを捲りこれも違うと本を返す。それを何度か繰り返し、何冊目かの本でページを捲る手を途中で止めた高井は開いた本を遠山に差し出した。

「ねえ佑希、私これがしたい」

「え？　これって……」

高井の差し出した本の開いたページには、男女が情熱的なキスをする挿絵があった。

揶揄っているのだろうと遠山は高井を見たが、普段と変わらぬ感情を表に出さない表情からは、冗談なのか本気なのか窺《うかが》うことはできなかった。

ただ、高井はそんな冗談を言うタイプではないことを遠山は知っている。きっと本気なのだろう。

「誰かに見られちゃうかもしれないし、高井も変な噂が立ったら困るでしょ？」

「私は見られてもいいよ。佑希は上原さんに見られたら困るの？」

そう言いながら高井はジリジリと迫り、後ずさりした遠山は本棚に背中がぶつかり追い込まれる。

高井に言われたように上原にはこの関係を知られたくないと遠山は思っている。だから遠山は何も言えずに視線を泳がせた。

——っ⁉

高井から目を逸《そ》らした直後、首に柔らかく生暖かい何かが触れ、遠山はビクッと身体を震わせた。

「た、高井⁉　な、何を……」

高井は遠山の首に齧《かじ》り付くように唇を当て、首筋に舌を這《は》わせてきた。

「こ、こんなところで……だ、誰か来ちゃうからダメだよ」

遠山はそう言いながらも、必死に首筋を舐《な》める高井の息遣いと、シャンプーや石鹼《せっけん》と違う女性特有の良い匂いに思考が麻痺《まひ》してくる。

「ちょっとしょっぱい」

「高井、汚いから……」

「汚くなんかないよ。それに私は気にならない」

そう言いながら高井は遠山の首筋に再び舌を這わせる。

高井のぬるりとした舌の感触に脳を刺激され、遠山の背中にゾクゾクと快感が走る。

「佑希、当たってる……」

遠山は首筋への刺激で下半身が反応してしまい、恥ずかしさから思わず腰を引いてしまう。

「ダメ」

そう言って高井は逃がさないと言わんばかりに遠山の腰に手をまわしてくる。

「んっ」

一心不乱に遠山の首を舐め続ける高井は、自らの腰を遠山の下半身に押し当て、ゆっくりと擦り付け始める。

高井の呼吸が次第に荒くなり彼女も興奮し始めているのが遠山にも分かった。

高井はやめるどころか遠山の下半身に手を伸ばしてくる。

「んっ……佑希すごい……」

高井は遠山の制服のズボンの膨らみに手を当て感嘆の溜息《ためいき》を漏らし、ついには手を上下に動かし始めた。

「た、高井……もうやめよう……こ、これ以上は……」

「やめない」

理性の吹き飛んだ遠山は高井の下半身に手を伸ばし、スカートの上から刺激を与える。

「あっ……」

高井は反応しビクリと身体を震わせ小さく嬌声《きょうせい》を上げた。

もうどうにでもなれと遠山は高井のスカートの中に手を入れようとする——

「あれ？　誰もいない？」

図書室のドアが開く音が聞こえたと同時に聞き覚えのある声が室内に響いた。

「遠山いないのー？」

声の主は教室で待っているはずの上原だ。その声を聞いた遠山は全身の血が引き一瞬で冷静になり、この状況を上原に見られてはならないと高井から距離を取ろうとする。

——ッ⁉

その瞬間、遠山の首筋に微《かす》かな痛みが走った。

上原に目撃されてしまうかもしれない状況で、高井は明らかにキスマークを付けるかのようなキスを首筋にすると、美味《おい》しそうに自分の唇をペロリと舐め遠山から身体を離した。

その形の良い唇は自らの唾液で濡《ぬ》れ、高井は淫靡《いんび》な表情を浮かべていた。

「あ、遠山こんなところにいたんだ？　高井さんと二人でどうしたの？」

遠山たちを見つけた上原が駆け寄ってきたが、間一髪見られずに済んだようだ。

「あ、その……高井が届かないって言うから、本を取るのを手伝ってたんだ」

遠山は咄嗟《とっさ》に首に手を当て、キスをされていた首筋を隠す。そこは高井の唾液で濡れてヌルッとしていた。

「遠山、首どうかしたの？」

上原が不自然に首に手を当てている遠山に気付いたようだ。

「い、いや……これはその……む、虫に刺されたかもしれないかなぁって」

「ふーん……そういえば古い本には虫がいるらしいね。遠山ちょっと見せて」

本に付いている虫は人を刺したりすることはないのだが、高井のように本の虫でもない限りは、そんなことは知らないだろう。

「い、いや別に大丈夫だよ」

「いいから」

これ以上見せるのを拒むと逆に怪しまれるかもしれないと遠山は諦め、首筋に当てていた手をゆっくりと下した。

「あ、やっぱり刺されてるよ。赤くなってる」

首筋をまじまじと見つめる上原は、キスマークと疑うような素振りは見せなかった。だが実際はキスマークであり、それを上原に見られていると思うと遠山はえも言われぬ罪悪感を覚えてしまう。

「あれ？　なんか濡れてるね」

高井の唾液で濡れた首筋を上原に指摘され、遠山の心臓の鼓動が跳ね上がる。

「そ、それは……ほ、本棚の整理をしていたから汗を掻《か》いたのかも」

「はい、これで拭いて」

苦しい言い訳であったが上原は疑うことなく、汗を拭いてとスカートのポケットからハンカチを取り出し、差し出してきた。

「い、いや大丈夫だから」

「いいから使って」

「わ、分かった……ありがとう」

ハンカチを受け取った遠山は、高井の唾液を上原の善意から借りたハンカチで拭くという背徳的な行為に複雑な気持ちになった。

「ありがとう。洗って返すよ」

「あ、別に洗わなくてもいいから」

そう言って上原は拒む暇も与えず遠山の手から一瞬で取り上げた。

「遠山の汗が付いたハンカチ……ふへへ」

「え？　上原さんいまなんて？」

上原はハンカチをポケットにしまいながら少しだらしなさそうな表情でボソッと呟《つぶや》いたが、遠山には聞こえなかったようだ。

「な、何でもない！　そ、それよりもう業務は終わる？」

後ろめたいことを誤魔化《ごまか》すかのように上原は慌てて話題を変えてくる。

「あとは返却された本を棚に戻せば終わりだからもう少し時間が掛かるかな」

「じゃあ私も手伝うよ。そうすれば早く終わるでしょう？」

上原が片付けるのを手伝うと名乗り出る。

「返却は私が手伝う。本の場所はほとんど分かるからその方が早い。上原さんは教室で待ってて」

今まで沈黙していた高井が上原の代わりに手伝うと言い出したが、その言葉には抗《あらが》えない圧力を感じた。

「わ、分かった……じゃあ高井さんお願いするね。私たちは教室で待ってるから」

高井の迫力に負けた上原は図書室を後にした。


「上原さんに手伝ってもらっても良かったんじゃない？」

「佑希は上原さんと一緒が良かったの？」

「別にそういうわけじゃないけど……」

高井にしては珍しく、感情的になっているように遠山は感じた。

「ねえ佑希、さっきは興奮した？」

「え？　うん……興奮した……よ」

「そう……私も興奮した。だから……続きは私の部屋でしよ？」

上原が図書室に現れたことで冷めてしまった興奮が高井のその言葉で再燃し、身体が熱を帯びてきたのを遠山は感じた。

それにしても今日の高井は何かおかしい。カラオケの誘いを受けたり、図書室でのキスマークを付けてきたり、積極的であり独占欲も垣間《かいまみ》見え、情緒が安定していないように遠山には思えた。

「みんな待ってるし、さっさと片付けて教室に戻ろう」

高井が何を考えているのか分からないのは今に始まったことではない。だから遠山はそれ以上深く考えることはしなかった。


高井と協力して図書委員の業務を終えた遠山は、上原たち五人で駅前に向かって歩いている。

このメンバーで男は遠山と千尋の二人だけだ。千尋はパッと見女子だが、今は男子のブレザーを着ている。だから男子に見えないことはないが、傍《はた》から見ると地味な男子一人が、女子四人を連れ立って歩いているように見えるかもしれない。

上原、相沢、千尋の三人と、地味な遠山、高井の二人とのコントラストがハッキリと分かれている。まさに陰と陽といった感じだ。

「高井、今日はどうしたの？　僕たちに付き合うなんて珍しいじゃないか」

遠山以上に一人を貫いている高井に、どういう心境の変化があったのだろうか。

「別に。上原さんが食い下がってきて面倒だったから仕方なく」

「はは、そういうことにしておくよ」

素直じゃない高井らしい言い訳であった。

その遠山の含みのある物言いに、高井は黙ったままだった。

上原が食い下がったのは本当のことだろうが、遠山が誘ったら断られていただろう。でも上原はスルリと達人のように高井の心に入り込んで、彼女から良い返事を引き出したのだ。

上原は純粋に損得なしで、高井と仲良くしたいと思っているのがよく分かる。

だから高井も上原に邪気がないことが分かり、少しずつ心を開き始めているのかもしれない。

いざカラオケに来てみれば、上原と相沢の独壇場であった。普段からカラオケに来ている二人はレパートリーも多く歌い慣れている。

遠山と千尋は、上原、相沢が各三曲歌う間に一曲くらいのペースで歌った。

「高井さん、なに歌う？　え？　あまり歌は知らない？　ほら、これなんて有名だし知ってるんじゃゃない？」

高井はカラオケに来るのが中学の時以来で久し振りだと言っていた。最初は大人しく人が歌っているのを聞いていたが、上原がせっかくだから歌おうよ、と高井と一緒に曲を選んでいるところだ。

いよいよ高井の歌う番だ。

教室か図書室でいつも本を読んでいる姿か、ベッドで乱れている姿しか見たことのなかった遠山は、マイクを持ち緊張している高井の姿を見て新鮮な気持ちになる。

歌い終わった高井は、ホッとした表情でソファーに腰掛けた。

「高井さん、良かったよ！　声がとても素敵だった」

上原が隣に座っている高井に歌っている姿も可愛《かわい》かったとベタ褒めしていた。それを聞いている高井はとても恥ずかしそうだったが、いつもの無表情の中に少し嬉《うれ》しそうな感情が混じっているように見えたのは気のせいではないだろう。

高井は歌い慣れてはいなかったがとても良い歌声だった。千尋も上手《うま》かったし微妙な評価だったのは遠山だけだった。

遠山は本当に自分には取り柄が何もないんだな、と少しだけ落ち込んだ。

「遠山、なに落ち込んでるの？」

遠山の隣に座っている上原が、心配そうに話し掛けてきた。

「いや、みんな歌が上手いなぁって思って」

「遠山だって歌い慣れてくれば、それなりに歌えるようになるよ。こんなの慣れだよ」

「そういうものなのかな？　音痴は直らないって聞くけど」

遠山は根本的に音痴で音程を外しまくっていた。

「カラオケなんて本人が歌っていて楽しめればいいんだから気にしない。練習すればそれなりに上手くなるから……今度二人で練習しよ？」

上原さんが何気なく遠山を誘ってくる。

「そうだね、また今度みんなでカラオケに来よう」

上原の気持ちを知っている遠山はどう返答しようか悩んだが、彼女にあまり期待させ過ぎないように、少し遠回しな返事をした。

「ちぇっ、残念！　遠山と二人きりになれる良い口実だったのにっ」

そう言ってはいる上原だったが、特に残念そうにはしていなかった。


「んー楽しかったねぇ。いつもとメンバーが違ったし新鮮だった」

カラオケ店を後にし、歩きながら駅に向かう途中、相沢が背筋を伸ばしながら呟いた。

「やっぱりカラオケは楽しいね。ストレス発散にもなるし、高井さんの歌が聞けて満足」

結局、高井が歌ったのは一曲だけで、ほとんどは上原と相沢の二人が歌っていた。

「高井さん楽しかった？」

上原が高井に尋ねた。

「ん、まあまあ」

普通の人が言えば何とも微妙な評価だが、高井の感想と考えればかなり良かったと言っているような気がする。

「うん！　なら良かった。また今度みんなでどこか行こうね」

上原は楽しかったと受け取ったのだろう、満面の笑みだった。

高井はコクンと無言で頷《うなず》いた。


遠山と高井は同じ路線の電車だが、他の三人は別の路線だったので駅前で別れ、それぞれ家路についた。

遠山は放課後の図書室で高井の部屋に行く約束をしている。

電車のシートに高井と並んで座っている遠山は図書室での出来事もあり、今から高井とする行為のことを考えてしまい興奮して落ち着かなかった。

するとそんな遠山の気持ちを知ってか、隣に座っている高井が不意に手を握ってくる。

高井の手は柔らかくて少し熱を帯びていた。

――高井もこれからのことに期待しているのだろうか？

電車を降りた二人は暗い夜道を無言で歩いていく。

会話がなくても二人には心地良い時間だった。


「ちょっと待ってて」

高井の家の前に着き、彼女は家に誰もいないか確認するために先に入った。

「ん、誰もいないから入ってきて」

玄関から顔を出した高井の言葉を聞いた遠山は、彼女に手を引かれ家に入っていく。

図書室での行為で興奮を高めていた二人は、いつも以上に激しくお互いを求めてしまい疲れ果て、裸でベッドに横になっていた。

「これからも高井は上原さんたちに誘われたら、一緒に遊びに行くの？」

遠山は、高井が今日カラオケに来たことが気まぐれだったのか、それとも彼女の心境に変化があったのか真意を知りたかった。

「分からない。でも……今日みんなとカラオケに行って、久しぶりに大人数でいて楽しいと思った」

「そっか……それはよかった。高井がそうやって少しずつでもいいから、誰かと交流を続けていけるようになれば僕は嬉しいよ」

高井の家庭環境を考えれば、彼女に悪い影響があるのは一目瞭然だ。

でも、ただの高校生である遠山が彼女の家庭に口出しできるはずもなく、できることといえば、せめて学校生活だけでも彼女が楽しいと思えるようにすることだけだ。

「うん……佑希が最近変わってきたように私も……」

高井はその言葉の続きを話さなかった。

でも、遠山には高井が何を言いたかったのか、話さなくても分かっていた。

——だって僕も君と同じだったから。

第八話　恋は盲目

◆

◆

◆

◆

◆

I am boring, but my classmates do not know
what I am doing in your room.

「和人……犯人捜しはまだ続けるの？」

「もちろん見つかるまで続けるつもりだ。俺に掛けられた疑いを晴らさないと……それに麻里花を傷付けた奴は絶対に見つけ出す」

学校の終わった放課後、駅前のファストフード店で石山沙織は倉島和人の話を複雑な気持ちで聞いていた。

石山は入学した時から和人と同じクラスだった。当時の和人に一目惚れしてから二年。になった今でもその気持ちに変わりはない。

「和人のことは私がなんとかするから……上原さんは犯人捜しを望んでないんでしょう？だったら……」

「それじゃダメなんだよ。このままじゃアイツに……遠山に麻里花を取られちまう。だけど犯人を見つければ麻里花に見直してもらえるはずだ」

その言葉を聞いた石山は胸にチクリと刺す痛みを感じ、その端整な顔を歪めた。

石山は和人に気持ちを伝えずその想いを胸に秘めている。

上原しか見ていない和人に今、気持ちを伝えたところで玉砕するだけだ。

だから上原が遠山と付き合えば和人は諦めるだろうと安易な考えを持っていた。石山はグループチャットを作り、遠山と上原がデキていると噂《うわさ》を流した。

だが、チャットの内容は次第に過激になり、ついには上原への誹謗《ひぼう》中傷という事態に発展しＳＨＲ《ショートホームルーム》でそれを遠山に暴露され石山は慌ててグループチャットを削除した。

「分かった……私ももう少し友達に聞いてみる」

悪意のある書き込みをしたのは石山ではないが、グループチャットを作ったのは石山だ。それが倉島に知られてしまえば軽蔑され嫌われてしまう。だから犯人捜しをするフリをしている。それに和人に協力している間はこうして一緒にいられる。その想いから石山の暴走は続く。

「悪いな、沙織」

「ううん、和人の頼みなら私はなんでもするから……」

それが石山の本音であり望みでもあった。

「わ、私、ドリンクのお代わりしてくる！」

思わず本音を言ってしまった石山は恥ずかしさから気まずくなり、和人から逃げるように席を離れた。

石山と和人がファストフードのお店を出た直後、車道を挟み少し離れた反対側のカラオケボックスから見慣れた集団が出てきた。

「あれは……麻里花たちか？」

和人の視線の先を追うと遠山、上原、相沢《あいざわ》、沖田《おきた》、高井《たかい》のクラスメイト五人がカラオケボックスの前で楽しそうにしている姿が石山の視界に飛び込んできた。

「麻里花……また遠山と一緒にいるのか!?」

石山は恐る恐る隣にいる和人に目を向ける。そこには嫉妬と怒りで苦渋に満ちた表情の和人の姿があった。その光景に石山は再び胸を刺すような痛みに襲われた。

「和人、行こう」

石山は和人の手を取りこの場を立ち去ろうと踵《きびす》を返すが当の本人は動こうとしなかった。

「沙織は先に帰ってろ」

和人は石山の手を振《ふ》り解《ほど》き遠山たちを尾行し始める。

「わ、私も行く！」

石山もその後を追った。

二人はしばらく後を付けていたが駅前で遠山たちは二手に分かれて解散した。

帰る方向が同じなのか遠山と高井が二人で同じ方向に歩いていく。たぶん同じ路線で帰るのだろう。

「和人、私たちも帰る？」

「いや……遠山と高井の後を追う。なんとなくあの二人が気になる」

和人は何かを感じ取ったのだろうか遠山と高井の二人に興味を示した。石山も同じように何かを感じたのか無言で頷き、迷わず二人の後をつけた。

地下鉄のホームで電車を待っている間、石山と和人は柱の陰に隠れてコッソリ二人の観察を続けた。

電車が到着し、石山と和人は遠山たちにバレないよう隣の車両に乗り込んだ。

隣の車両から遠山たちの様子を窺《うかが》ってみるが他の乗客に隠れてしまいよく見えない。二人は並んで座っているようだが、ひと言も会話を交わしていないように見える。

目的の駅に到着したのか遠山と高井が席を立ち、乗降口へと歩き出す。

――二人は同じ駅を利用しているの？

予想通り二人して同じ駅で降りると石山と和人も慌てて後を追い尾行を続けた。

改札を抜け、そのまま遠山たちは同じ方向へ歩いていった。

「おいおい……あいつらどこまで一緒に行くんだ？　近所に住んでるのか？」

思わぬ二人の行動に戸惑う和人と同じ気持ちの石山はそのまま尾行を続け、一軒の家の前に到着すると二人は立ち止まった。

石山と和人は住宅の曲がり角に身を隠し観察を続ける。

高井が先に一人で家に入り、しばらくすると玄関が開き遠山の手を引き招き入れようとしていた。

高井のまるで恋人を家に招き入れるように顔を紅潮させ、何かを期待しているような仕草に石山は思わずスマホを取り出しその様子を撮影した。

「あの二人デキてるのか……？」

「うん……なんかそんな雰囲気だったね」

ただ家に招き入れたのなら友達を招待しただけとも見えるだろう。しかし遠山と高井の二人はただの友達とは違う男と女という雰囲気を醸し出していた。

「遠山の奴……恋人がいるのに……まさか麻里花と天秤《てんびん》に掛けてるのか⁉」

「和人、まだ決まったわけじゃないし落ち着いて。私が今度確認してみる」

遠山に恋人がいると和人に上原を諦めさせるという思惑から外れてしまう。石山は確認の必要があると判断した。

「これが事実ならそれをネタに遠山に揺さぶりを掛けられる」

和人は誰に言うともなく呟《つぶや》いた。

「沙織、今日はもうここにいても仕方がないから帰るぞ」

「うん」

二人は踵を返しそれぞれの思惑を胸に秘め、来た道を駅へと引き返す。
――もし二人が付き合っているとしたら……撮影した写真が役に立つかも。
石山もまた和人と同じく恋に盲目になりつつあることを自覚していなかった。

第九話　遠山だけが知っている隠されたその素顔

I am boring, but my classmates do not know what I am doing in your room.

◆

佑希《ゆうき》たちとカラオケに行ってからというもの、放課後に私は上原《うえはら》さんたちと一緒に行動することが増えてきた。

最近は相沢《あいざわ》さんが私のことを〝柚実《ゆみ》〟と呼ぶようになった。

今日は私のリクエストで相沢さんと上原さんの三人で反省堂に来ている。

「柚実は難しい本読んでるねぇ」

私たちは〝純文学〟と表示されているコーナーにいる。

「そう？　難しくはないと思う。ただ分かり難《にく》いだけ」

純文学とは芸術性を重視していて、文章の美しさや流麗さを追求した作品で、有名どころでは太宰治の『人間失格』や、宮沢賢治の『銀河鉄道の夜』などがあるということを相沢さんに説明した。

「絵画の文字版みたいな感じかな？　一般人が見ると上手《うま》いんだか、下手なんだか分からない絵みたいな。私には分からないなぁ。そもそも文字を読むのが苦手」

「美香《みか》はマンガしか読まないもんね。漢字書けなくなるから本読んだ方がいいよ」

「麻里花《まりか》だってちょっと前までマンガしか読まなかったクセに。遠山《とおやま》とお近付きになりたくて、不純な動機で本を読み始めたアンタに言われたくないわ」

「ちょ、ちょっと美香！　な、何言ってんのよ。そ、そんなんじゃないから！」

「え？　そうじゃなかったの？　私の勘違いだったらゴメンね⁉」

「美香……アンタわざとでしょう？」

「さあねぇ」

上原さんが足繁《あししげ》く図書室に来て私に本のことを聞いてくる理由、それは佑希と仲良くしたいからというのがよく分かる。

「でも真面目な話、美香も本読んだ方がいいよ。漢字読めるようになるし好きなジャンルが見つかれば空いた時間で読書するのもなかなか楽しいよ」

「漢字を読めるようになるっていうのが小学生みたいな感想ね。でも麻里花は栄養が全てオッパイに行っちゃって、脳に栄養が行き渡らなくてお馬鹿さんになっちゃったからねぇ」

そう言って相沢さんは、上原さんの豊満な胸に後ろから手を回し鷲掴《わしづか》みにした。

「ひゃあっ！」

「麻里花……アンタまた胸が大きくなった？　もう私の手に収まらなくなっちゃったよ」

「私も触っていい？」

上原さんの返事を待たずに私はその大きな胸に手を添えた。

「高井《たかい》さんまで⁉」

――凄《すご》い……大きい……やっぱり佑希も大きい方がいいのかな。

私は自分の胸に手を当て、その大きさの違いに女性としての自信を失いそうになる。

「上原さんオッパイが大きくて羨ましい」

「ちょっと麻里花の無駄に大きいオッパイを少しは私たちに分けてよ」

相沢さんも私と同じくらいか少し小さいくらいだ。

「もう、二人してこんなとこで何言ってるのよ。恥ずかしいからやめてよね」

周りの様子を窺ってみると、オッパイとか言いながら女子高生が三人で騒いでいたせいで、目立ってしまい周囲の男性からの視線が上原さんに集まっていた。

――やっぱり上原さんは胸が大きいだけじゃなくて本当に可愛《かわい》い。私もあんな風になれたら佑希も喜んでくれるかな？

上原さんが周囲の男性に見られて恥ずかしいと言うので、本の会計を済ませた私たちは売り場を離れた。

本屋を出た私たちはカフェに移動し、お喋《しゃべ》りに花を咲かせていた。

「ねえ、柚実はかなり目が悪いの？」

相沢さんが私の太いフレームの大きなメガネが気になったのか尋ねてきた。

「別に目は悪くない。これは伊達《だて》メガネ」

「え？　それ伊達メガネなんだ……」

伊達メガネだったことに上原さんは少し驚いたようだ。

私はメガネを外し相沢さんたちにレンズを見せる。

「あ、ホントだ。高井さんどうして伊達メガネなんか掛けてるの？」

ファッションとしてならまだ分かるけど、この伊達メガネはお世辞にもお洒落《しゃれ》とは言えないので、上原さんが疑問に思うのも無理のないことかもしれない。

「私は……その……素顔に自信がなくて……」

「ええっ⁉　高井さん超美人なのに、そんな風に自分のことを思ってたの？」

上原さんはお世辞でなく本当にそう思っているような驚きようだった。

「美人だなんて……そんなことないと思うけど……」

「柚実はこんな素顔が素敵なのに、隠しちゃったら勿体《もったい》ないと思うなぁ」

「そうそう、どうせだから伊達メガネを外して髪型も変えてみたら？　凄く可愛くなると思うよ。高井さんに似合いそうな髪型の画像探してみるね」

そう言うと上原さんがスマホを取り出し、ヘアスタイルのカタログを検索して私と相沢さんの間にスマホを差し出してきた。

「これなんてどうかな？」

上原さんが見せてきたのはショートボブのモデルの写真だった。

「髪の毛が真っ黒なままだと重い感じになっちゃうから、少し明るく染めるといいかも」

私はセミロングで髪は一切染めずに真っ黒なままだ。

「どう？　こういう髪型。私は柚実に似合うと思うよ」

「私に似合うかな？」

「麻里花が選んだんだから絶対に似合うと思うよ。この子は人様のコーディネイトするのが得意だから」

「この前は遠山の洋服を選んであげたんだよ。凄い似合っててカッコ良いから二人に見せてあげたいな」

佑希の洋服選びを上原さんがしたことを思い出した私は、胸の奥にチクリとした痛みを感じた。

「柚実も髪型変えてメガネ外して垢抜《あかぬ》けたら、遠山に自信を持ってアピールできるかもよ？」

私が佑希に好意を抱いていることが分かっているかのような相沢さんの口ぶりだった。

「ええっ⁉　高井さんも遠山のことが好きなの？」

上原さんは〝も〟とか言ってしまうところから、佑希への好意を隠す気が全くないようだ。

「私は、その……佑、じゃなくて遠山くんのことは別に……」

私は今の関係を知られないように、無関心であることアピールするつもりが言《い》い淀《よど》んでしまう。

「そ、そう……よかった……高井さんみたいな可愛い人がライバルになったらどうしようかと思った」

上原さんも相沢さんも私を可愛いと言ってくれている。

――髪型を変えてメガネを外したら佑希も喜んでくれるかな？

そこには佑希の気を引きたいがために、もっと可愛くなりたいと思っている私がいた。

◇

朝、登校した遠山が教室内に足を踏み入れるといつも以上に騒がしかった。

――なんだ？

教室を見回すと一カ所に女子生徒が集まっていて、何やら騒いでいるようだった。

――あそこの席は確か……高井!?

遠山の頭に何かあったのかと不安がよぎる。

高井の席に近付き、人混みの隙間から恐る恐る覗《のぞ》き込んでみた。

——え⁉

そこに座っていたのは真っ黒なセミロングの髪に、真っ黒な太いフレームのメガネを掛けた地味な女子ではなく、ショートボブに明るく髪を染め、メガネを外し垢抜けた美少女が座っていた。

「遠山、高井さん美人でビックリしたでしょう？」

遠山が呆気《あっけ》にとられていると上原がドヤ顔で話し掛けてきた。

「ああ……高井が美人なのは分かっていたからそれには驚かないけど、イメチェンしたこと自体に驚いたよ」

あれほど人と関わるのを避けていた高井が、わざわざ目立つ方向に自分を変えたということは心境にかなりの変化があったのだろう。

「遠山は高井さんが美人だって気付いてたんだ⁉」

上原は高井の隠された美貌に、遠山が気付いていたことが意外だったようだ。

——改めて見ると高井って本当に美人なんだな。

「遠山、なに見惚《みと》れてるんだか。柚実に惚《は》れちゃった？　ふふ」

相沢が楽しそうに茶化《ちゃか》してきた。

「いやいや、そういうわけではないけど……人気者になっちゃって遠い人になったら寂しいなぁって」

「おやおや、遠山は柚実の恋人でもないのに独占欲が湧いちゃったのかな？」

ニヤニヤと相沢は面白そうにしている。

「むぅ」

逆に上原は面白くなさそうだ。

高井に遠山が必要でなくなる日は近いのかもしれない。そう思うと少し寂しい気持ちになったことを遠山は否定できなかった。

高井はクラスの女子に囲まれ色々と質問されていた。逆に男子は遠巻きにその様子を窺っていた。

急に美人になった高井と、どう接していいか分からないのだろう。

『高井さん、もしかして好きな人ができてイメチェンしたとか？』

『あ、気になる気になる』

『えー誰なの』とか『倉島《くらしま》くんじゃない？』とか好き勝手言われているようだけど倉島は……絶対にない！

普段、人と話し慣れていない高井はどうしていいのか分からず、「えと……」とか「あの……」とか口籠もっていた。

「はいはい、柚実が困ってるでしょう？　気になるだろうけど、もうすぐホームルームが

始まるからみんな席に戻ろ？」

相沢が高井を囲む人垣に割り込み、みんなを解散させていく。さすがは元上位カーストだ。堂々としていて影響力も大きい。

高井の席に集まっていた生徒は各々の席に蜘蛛《くも》の子を散らすように戻っていった。

「高井、髪型すごい似合ってるよ」

遠山は人がいなくなったタイミングで、そっと高井に声を掛けた。

高井は珍しく表情を変え、キョトンとしたまま照れくさそうに頬《ほお》を染めた。

「おやおや……遠山、なに柚実を口説いてんのよ」

一番面倒くさい相沢に聞かれてしまい遠山は苦笑した。

「違うって。素直に褒めただけだよ」

「まあ、そういうことにしておきましょう。でも、あんまり褒めると麻里花がヤキモチ焼くから気を付けてね。うふふ」

相沢はこの状況を面白がっているだけのような気がする。

第十話　いつか嘘《うそ》はバレるもの

I am boring, but my classmates do not know what I am doing in your room.

「お兄ちゃん、いつまで寝てるの？　早く起きてよ～」

「う～ん……もうちょっと寝かせて……おやすみなさい……」

昨日は遅くまで本を読んでいて寝るのが遅かったせいか、遠山《とおやま》は目覚ましが鳴っていたのに無意識で止めていたようだ。

「もう、本当に遅刻しちゃうよ」

菜希《なつき》が何か言っているが、身体が動かないものは仕方がない。

ぐぅ……。

「ちょっとお兄ちゃん？　本当に寝ちゃったの……？　起きないなら仕方ないね……ちょっとお邪魔します……」

「ふぁあ……布団の中、お兄ちゃんの匂いでいっぱいだ。おやすみなさい……」

――!?

「な、菜希!?　なに布団の中に潜り込んでるんだよ？」

身体が急に暖かくなり何か柔らかいモノが当たると思ったら、菜希が布団の中に潜り込み寝ていた。

「なに、お兄ちゃん？　せっかく気持ち良くなってきたのに……」

「その誤解されるような言い方はやめて！　この歳《とし》で妹と一緒に寝る兄妹なんていないから！」

「ここに一緒に寝てる兄妹いるよ？」

確かに一緒に寝ている兄妹がここにいた！

「それは……遅刻しちゃうから今すぐ布団から出てくれ」

目覚ましを止めてから十分くらいが経過していた。これ以上遅くなると本当に遅刻してしまう。

「ああん、お兄ちゃん押さないでよ」

遠山はグイグイと菜希を押して布団から追い出した。

布団から飛び起き、慌てて顔を洗い、歯を磨き急いで着替えて玄関へと向かった。

「それじゃ行ってきます！」

「佑希《ゆうき》、朝食は？」

リビングを素通りして慌てて玄関に向かう遠山に、母親が声を掛けてきた。

「ゴメン、食べてる時間がないから帰ってきてから食べる」

慌てて靴を履き玄関を飛び出す。

「お兄ちゃん！　私も一緒に行くから待ってよ～」

菜希も朝食を食べなかったのか、後から追い掛けてきた。

「誰のせいで遅くなったと思ってるのさ。置いていくからな」

「あ～ん、可愛《かわい》い妹を置いていくつもりなの？」

菜希がなんか言っているが、無視して遠山は早足で学校へ向かった。


走ったお陰で時間に余裕ができたので、朝食を買おうとコンビニの前で立ち止まった。

「はぁ……はぁ……お、お兄ちゃんヒドいよ。どんどん先に行っちゃうんだもん」

追い付いてきた菜希が文句を言っているが、無理しなくてもいいと思うんだ。中等部が始まる時間にはまだ余裕があるのだから。

――そんなに走ったわけでもないんだけどな。

「菜希、僕より体力ないいんじゃないか？」

菜希は膝に手をつき、はぁはぁと息を切らしている。

「私が運動苦手なの知ってるでしょう？　もっと妹に優しくすることを要求します！」

菜希が何か訳の分からないことを言い出した。

「菜希はもっと体力つけた方がいいよ。その歳でその体力のなさはヤバいよ」

抗議する菜希を置いて、遠山はコンビニの自動ドアを抜けたところで見慣れた女性と鉢合わせした。

「あれ、遠山？　買い物？」

店内に入ると買い物をしている上原《うえはら》の姿があった。

「上原さん、おはよう。今日は寝坊しちゃってさ、朝食食べてないからコンビニで買っていこうと思って」

「あ、オッパイ星人！」

上原の姿を見つけた菜希が、いきなり失礼なことを彼女に言っている。

「な、菜希ちゃん、おはよう。その呼び名は恥ずかしいからやめて欲しいかな？」

さすがに人前で〝オッパイ星人〟呼ばわりされると周囲の目を惹《ひ》き、より上原の豊満な胸に注目が集まってしまう。

「菜希、その呼び方はやめなさい。上原さんは先輩にも当たるんだから、失礼のないようにしないとダメだ。小学生じゃないんだから」

さすがに幼稚過ぎるアダ名なので、遠山は少しキツ目に菜希に注意をする。

「はい……上原先輩、失礼な呼び方をしてゴメンなさい」

遠山が本気で怒っているのが伝わったのか、本人も反省しているようでシュンとしている。

「うん、私怒ってないから菜希ちゃん元気出して」

菜希には良い薬になっただろう。このまま調子に乗ってしまっても困る。

「はい、ありがとうございます。でもオッパイが大きい先輩が羨ましいです。そのオッパイでお兄ちゃんを誘惑しないでくださいね」

菜希は全然反省してなかった！

「あはは、菜希ちゃんは相変わらずだね。お兄ちゃんといえば……そう！　菜希ちゃんにはもう一人お兄ちゃんがいるんだよね？」

「え？　菜希には目の前にいる佑希お兄ちゃん一人しかいませんよ？」

――ヤバい！

遠山は以前コンドームを買った時、兄に頼まれたと上原に嘘《うそ》をついて誤魔化《ごまか》した。今、この状況では嘘がバレてしまう。

「あれ？　この前自販機の前で会った時、遠山は兄に頼まれて買ったって言ってた気が……」

上原は遠山に疑いの眼差《まなざ》しを向けてきた。

「え、えっと……そうだっけ？　そんなこと言ったの覚えてないなぁ……そ、そろそろ学校行かないと間に合わなくなるから、さっさと会計して行こう」

遠山は政治家のように、当時何を言ったか覚えていないフリをしてレジに並んだ。

「怪しい……」

どう考えても苦しい言い訳にしかならず、上原はジト目を遠山に向けていた。

その後、上原にそのことは追及されず、三人で一緒に校門を抜け、菜希と別れ下駄箱《げたばこ》へ向かった。

下駄箱と言えばビラのことを思い出した遠山は、慎重に開け中を覗《のぞ》き込んだ。

「何もないか……」

ホッと胸を撫《な》で下ろした遠山は、誹謗《ひぼう》中傷の件で自分の心に多少の傷を負っていたことを自覚した。


「遠山、一緒に帰ろ」

放課後、帰り支度をしていた遠山に、上原が珍しく一緒に帰ろうと声を掛けてきた。

「あれ？　今日は相沢《あいざわ》さんと一緒に帰らないの？」

「美香《みか》は用事があるって先に帰っちゃった」

「そっか。じゃあ今日は一緒に帰ろうか」

「やった！」

一緒に帰るというだけで上原は上機嫌だ。

遠山《とおやま》と上原が連れ立って教室を出ていこうとすると、教室内でそれを見ていた生徒たちの注目を集めた。

ＳＨＲ《ショートホームルーム》の一件から遠山と上原は付き合っているのでは、という噂《うわさ》が立っているからだ。上原は特に気にした様子もなく何事もなかったようにしているが、遠山は若干気まずい。二人して校内を抜け、並んで校門まで歩いていく間も遠山と上原は他の生徒の注目を集めていた。

やっぱり上原は本当に可愛い。彼女は華やかで人目を惹《ひ》く容姿をしている。遠山はそんな素敵な女性が、自分に好意を持っているとは到底思えなかった。

遠山は自分に自信がないせいで、なんでこんなに可愛くて良い子が？　と考えてしまう。

しかし、あまり卑屈になっているのも上原に申し訳ないとも遠山は思っていた。

もう少し自分に自信を持たなければ、そう遠山は自分に言い聞かせる。

校門を抜け、しばらくお互い無言で歩いていると上原は何か聞きたいことがあるのか、チラチラと遠山の様子を窺《うかが》っている。

「あのさ……遠山に聞きたいことがあるんだ」

先に沈黙を破ったのは上原だった。

「なに？」

「遠山は自販機のところでお兄さんがいないのに、どうして嘘をついたの？」

――やっぱり、朝のアレじゃ誤魔化すことはできなかったか。

咄嗟《とっさ》のことで嘘をついてしまったのが、今になって自分の首を絞めることになろうとは、当時の遠山は思ってもいなかっただろう。

数秒間の沈黙の後、遠山は口を開いた。

「その……同級生の上原さんに見られて恥ずかしかったから、思わず嘘をついちゃったんだ」

この件に関して、嘘を突き通すしか遠山には選択肢がない。

「やっぱり遠山に恋人がいてその人と……その……するためなの？」

上原は悲しげな表情で遠山を見つめ、問いただしてくる。

高井《たかい》のことは上原に絶対に知られてはならない。

遠山は必死に言い訳を考えた。

「アレはその……やっぱり言わなきゃダメ？」

「うん、聞かせて欲しい」

「僕の凄《すご》く恥ずかしいことを聞くことになるけど……キレイな話じゃないし、僕のこと嫌いになるかもしれない。それでも？」

「私は遠山のこと嫌いになんてならないよ。だから聞かせて」

今から話すことは遠山の経験談を嘘に使うから半分嘘で半分本当だ。

「分かった……アレはその……一人でする時に使います」

とりあえず遠回しに伝えて上原には悟ってもらおう。

「一人でする？」

残念ながらそれだけでは上原には伝わっていないようだ。これは直接的な表現で言うしかなさそうだ。

遠山は緊張しながら意を決して口を開いた。

「その……アレは僕が一人でお、オナニーをする時に使うんだ……けど？」

嘘《うそ》とはいえ、もの凄い恥ずかしいことを遠山は上原に言っているのでは？　なんという羞恥プレイ！

「えっ!?　お、オナ――って、ええっ!?」

上原は凄い勢いで驚いている。

「上原さんこれでいいかな？」

これで納得してもらえれば、お互いこれ以上恥ずかしい思いをしなくて済む。

「そ、それだけじゃ分からないから……も、もっと具体的に教えて……欲しい、かな？」

上原は興味津々なようで更に食い付いてきた。

「お、オナホールっていうのがあるんだけど……あ、女性のアソコを模したやつね。そこにローション入れて使うんだ。でも、そのまま僕のアレを入れるとローションでヌルヌルになっちゃって、僕のアレの処理が大変だからコンドームを被《かぶ》せてその……オナニーしてるんだ」

半ばヤケクソでひと通り話し終え、恐る恐る上原を見た。彼女は首まで真っ赤にして硬直していた。

あ、ああ……上原は純情なんだな。

「上原さん？　聞いててくれた？」

「えっ!?　えっと……聞いて、たよ？　で、でも、なんか凄いんだね……」

すると我に返った上原が上擦った声で反応した。

「そういうことなんだよ。僕も凄く恥ずかしいんだからね。こんなこと話すの」

経験談なのでこの上ないリアリティで語れたと思う。

「と、遠山も……その……え、エッチなことに興味あるの？」

「もちろん僕も健全な男子だし……もちろんあるよ。だからそういうのを使っているわけだけど」

「それじゃあさ……そ、そのエッチなことを私と……その……しても……」

ん？　上原の話がなにか怪しい方向に向かっている気がする。

「上原さんと……なに？」

遠山は上原が何を言おうとしているのか理解しているが、わざと分からないフリをした。

「ああ、無理！　恥ずかしくてこれ以上言えない……遠山に恥ずかしいことを言わせてしまってゴメンなさい」

　恥ずかしさが限界に達したようで、上原はギブアップし遠山に謝罪した。

「いや、いいんだ。嘘をついた僕が悪いんだし。でも……男子のそういう事情も理解してもらえたと思う」

　とりあえず嘘ではあったが納得はしてもらえた、のだろうか？

「うん、分かった。え、エッチな気分になったら、その……そ、相談してね」

　相談って……乗った後はどうしてくれるのだろうか？

「う、うん……分かった」

　こうしてインパクトが大きいことで上塗りして、何とか誤魔化すことに成功した。コンドームを買ったことなど、オナホールを使ったオナニーのインパクトに比べれば些細《ささい》なことだろう。

「う、上原さん……!?」

　口八丁手八丁でなんとかピンチを乗り越えホッとしたのも束《つか》の間《ま》、上原が正面から遠山の背中に手を回し、人目も憚《はばか》らず抱き付いてきた。

「遠山が嘘をついた理由を話してくれてホッとした……でも……」

　上原は遠山の胸に顔を埋《うず》めながら続けた。

「遠山が他の女性と、そういうことをするために買っていたのかも、って考えたら胸が苦しくなって悲しくて……私、見えない相手に嫉妬していたんだ。でも、そうじゃなかった……本当によかった」

――僕は最低だ。

遠山は上原の危惧していた通り別の女性、高井とするためにコンドームを買った。

そして再び上原に嘘をついた。

遠山を信頼してくれている上原に対する裏切り、その真実を知った時、彼女はどれほど傷付くだろうか。

上原は嫉妬していたと本音を話してくれた。

クラスで他の生徒への印象が良くなるようにと、遠山のイメチェンに協力してくれた反面、誰かに遠山を取られたくないという矛盾を上原は抱えていた。

「大丈夫だよ。上原さん安心して」

嘘を嘘で塗り固めていったその先には何が待っているのか。

遠山は最近変わりつつある高井の顔を思い出す。家庭事情や色々と大変なことを抱えているけど今の彼女を見ていると、いずれ遠山を必要としなくなる時が来るだろう。

だからその時は――

「私が遠山を縛る権利なんてどこにもないのに、ワガママ言ってゴメンなさい」

上原は遠山の胸から離れながらそう呟《つぶや》いた。

「そんなことは……ないよ」

遠山は今、上原にそれ以上何も言えなかった。

第十一話　恋は人を狂わせる

朝、登校した高井《たかい》が机の中を確認すると白い封筒のようなものが入っていた。

普通の女子生徒であればラブレターを想像するところだが、高井は先日あった佑希《ゆうき》や上原《うえはら》に対する嫌がらせのことを思い出す。

——今度は私の番？

高井は他人事《ひとごと》のように悠長に構えた。

今、ここで封を開けて見るわけにもいかず、白い封筒を机から取り出し内容を確認するためにトイレへ向かう。

トイレの個室で高井は封筒の中身を確認する。

中には白い便箋一枚と写真が一枚入っていた。

——!?

入っていた写真は高井が佑希を家に招き入れている時の様子を撮影したものだった。

どうやらみんなでカラオケに行った帰りの様子を盗撮されていたらしい。

そして折り畳まれた便箋を開き、書いてある内容に目を通す。

『この写真のことでお話があります。今日の放課後、屋上の給水塔の下で待ってます』

そう書かれていた手紙には差出人の名前はなかった。

家まで尾行されていたのに気付かなかったなんて迂闊《うかつ》だったたと、警戒心が低かったことを高井は後悔した。

佑希が家に入っただけなら、何とでも言い訳はできるかもしれない。しかし、それによって高井と佑希の関係に疑問を持ち始める人もいるかもしれない。

佑希に迷惑が掛かるし上原が悲しむ。それだけは避けたい。

――放課後、行くしかないみたい。

写真の存在がなければ高井は呼び出しを無視するつもりだった。しかし相手が写真を持っている以上行くしか選択肢はなかった。

放課後、図書室には行かず高井は屋上へと向かった。

図書室の前を通り過ぎ階段を上り、扉を開けた高井は差し込む太陽の光に目を細めた。

人気《ひとけ》のない屋上に出ると少し離れた給水塔の近くに人影を見つけ近付いていく。

「この手紙を私の机に入れたのはあなた？」

そこで待っていたのはクラスメイトの石山沙織《いしやまさおり》だった。今まで特に接点のなかった石山が、何の目的でこんな回りくどい方法で呼び出したのか高井の疑問は尽きなかった。

「高井さん急に呼び出してゴメンなさい」

その言葉とは裏腹に石山に悪びれた様子はなかった。

「それで私にどんな話？」

高井も石山を責めるような態度は取らず冷静に用件を切り出す。

「単刀直入に聞くけど高井さんは遠山くんと付き合っているの？」

石山もまた無駄な会話をせず核心を突いてくる。

「私と遠山くんは付き合ってはいない。あの日は本を貸す約束をしていたから家に来ただけ」

「でも家に招き入れる時の様子は友達を招き入れる感じじゃなかった。アレは男と女の逢《あい》引《びき》のように見えたけど？」

あの時、高井と佑希は無警戒で無防備だった。図書室での行為で興奮してしまい、これからセックスするとお互いに意識して昂《たかぶ》っていたため、オスとメスという盛りがついた雰囲気を出してしまっていたのかもしれない。

「……私と遠山くんは付き合っていない。それは本当」

石山が言う〝付き合う〟というのが佑希と恋人同士という関係を指すのなら、高井の言う通り付き合っていないことになる。なぜなら高井と佑希はセフレなのだから。

「分かった。もし二人が付き合っていたらどうしようかと思っていたけど、付き合ってないなら問題ないわ」

「話はそれだけ？」

「いいえ、これからが本題なんだけど高井さんは今後、遠山くんに関わらないで欲しいの」

「それはどういう意味？」

「言葉の通りよ。別に遠山くんと絶交してと言っているわけじゃないわ。家に招くような誤解されそうなことはしないで欲しいってこと」

「どうして？」

「クライメイトの恋を応援するためよ。高井さんみたいな可愛《かわい》い女子が遠山くんと仲良くしていると彼女嫉妬しちゃうから。だから遠山くんと距離を置いて欲しいの」

「ちょっと意味が分からない。私の交友関係にあなたが口出しする権利はない」

「そう……仕方ないね……この写真を誰かクラスの人に見せちゃおうかな？　あなたと遠山くんの関係を疑ったりする人が出てくるかもね」

　そう言って石山は、高井の家に佑希を招き入れる様子を撮影した写真をスマホに表示し高井に差し出した。

「分かった……」

　噂《うわさ》が広がり上原に二人の関係を知られてしまい全てを失うより自分が我慢すれば……そう思った高井は苦渋の選択を強いられ、石山の提案を受け入れるよりほかなかった。

「よかった。聞き入れてくれてありがとう。くれぐれもこの写真のことは忘れないでね」

石山は写真のことをチラつかせ、暗に高井に余計なことはするなと脅しをかけていた。

「最後に聞かせて。あなたが言っていた遠山くんを好きなクラスメイトは誰？　あなた？　そしてあなたがその女子を応援する理由は何？」

高井は上原のことだと分かっていたが聞かずにはいられなかった。

「遠山くんは私の好みじゃないかな。理由は……想像に任せるわ」

石山は肝心なことには一切答えず、もう用事は済んだとばかりにさっさとその場を立ち去っていった。

「佑希……これでよかったのかな？」

高井はひとり言のように問い掛けるが、それに答えてくれる佑希のことはもう遠くから見ることしかできない。

◇

いつものようにお昼休みを上原、相沢《あいざわ》、千尋《ちひろ》の四人で談笑しながら遠山は昼食をとっていた。

「遠山くん、私も一緒に仲間に入れてもらってもいい？」

話し掛けてきたのはクラスメイトの石山沙織だ。

「……う、うん、もちろん構わないよ。みんなも別にいいよね？」

突然のことだったので遠山は返事をするまで間が空いてしまった。

他のみんなに確認をするが特に反対されることもなかった。

「石山さんどうぞ」

「あ、遠山くん私の名前知っててくれたんだ？　嬉《うれ》しい」

今まで話をしたこともなかったので石山がそう思うのは仕方がないだろう。

「もちろん僕はクラス全員の名前はちゃんと覚えてるよ」

図書委員で他の学年やクラスの生徒と接することが多い遠山は、自分のクラスの生徒の名前くらいは全て覚えている。

「遠山くんは前まであんまりクラスの人と関わらないから、他の人はどうでもいいのかと思ってた」

石山の言う通り、以前は本当にどうでもいいと思っていたのは確かだ。でも、それが原因で遠山は誹謗《ひぼう》中傷に上原を巻き込んでしまった。

集団の中で一人浮いた存在は周りから見れば異端なのだ。結局のところ地味にしていようが黙っていようが目立ってしまう。

だから今は一人一人との関わりを大事にしていこうと遠山は思っている。

「確かに前はそう思っていたけど、今はみんなと仲良くしたいと思ってるよ。ここにいる上原さんや相沢さん、千尋のお陰でそう思えるようになったかな」

「私が最初の頃に話し掛けてた時は本当に関わるのを避けてたでしょ。すごい塩対応だったもん。ね？　遠山」

上原と話すようになった最初の頃は、目立ちたくないから避けていたことは間違いなかった。

「あれは今思うと申し訳ないと思ってるよ。上原さんゴメン」

「ううん、別に気にしてないから」

上原がそう言ってくれて、遠山は救われる思いだった。

「でも、本当に佑希は変わったよね。これも上原さんが献身的な気持ちで接したお陰かな？」

千尋の言う通り、遠山は上原と関わるようになってから変わってきた。高井の時もそうだが、相手に塩対応されても上原は諦めずに声を掛け続けてくれる。そのお陰で高井も心を開いたのだろう。

「もう、沖田《おきた》くん、石山さんの前で恥ずかしいじゃない」

上原は褒められて恥ずかしそうだ。

「なんかここのみんなは楽しそうで羨ましい」

遠山たちのやり取りを見て石山は呟《つぶや》いた。

「そういえば石山さんはどうして今日ぼくたちのところに？」

遠山を含め他のみんなも思っているであろうことを、千尋が質問した。

「うーん、そうだね……いつも楽しそうにしてて羨ましいなぁって思って。沖田くんや上原さん、相沢さんと仲良くしたかったし。もちろん遠山くんもね」

そう言って石山は遠山に目を向けた。

石山のその眼差《まなざ》しは遠山に好奇心を抱いているような、値踏みをしているような目をしていた。

「ねえ、今日の放課後みんな時間ある？　ゲームセンターに行かない？」

石山が突然ゲームセンターに行こうと提案してきた。

「え？　なんでゲームセンター？」

遠山は疑問に思い石山に尋ねる。

「ほら、私みんなと早く仲良くなりたいし、ゲームセンターって交流を深めるには最適じゃない？」

確かにゲームをプレイしながらだと話題が尽きることもないし、石山の言うことには一理あった。

「そういうことなら……みんな行こうよ。クレーンゲームで欲しいプライズがあったんだ。

遠山も行こ？」

上原は懇願するように上目遣いで遠山に同意を求めた。

「それじゃあ、僕も行くよ」

「やった！　沖田くんは？」

遠山も行くことになり上原は嬉しそうだ。

「うん、ぼくも特に用事はないから行こうかな」

「じゃあ、僕は高井を誘ってくるよ」

そう言って遠山は高井の席へと駆けていった。


「みんなでゲームセンターに行くと言ってるけど高井はどうする？」

遠山が話し掛けると高井は上原たちのグループを一瞥《いちべつ》した。

「私は遠慮しておく。ゲームセンターみたいな騒がしいところは好きじゃない」

「そっか……残念だけど諦めるよ。次はみんなでどっか行こうな」

「ん、また誘って」

「分かった」

遠山はそのまま上原たちのもとに戻ろうと踵《きびす》を返したが思い直し、再び高井に向き直った。

「高井……あのさ……」

「なに？」

「最近は図書室に僕がいる時に来ないし、その……高井の部屋に行かせてもらえないし何かあったの……かなって？」

最近、高井に避けられているような気がしていた遠山は、嫌われてしまったのではないかと不安を抱えていた。

「今は家のことが忙しいから。それに母親が家にいることが多くて呼べないだけ」

「そっか……それじゃあ仕方がないね」

その言葉を聞いた遠山はホッと胸を撫《な》で下ろした。

「ん、だから心配しないで」

「分かった。変なこと聞いてゴメン」

「私の方こそゴメンなさい。先に言っておくべきだった」

「いや、いいんだ。気にしないで」

「それじゃあ僕は戻るよ」

「ん、楽しんできて」

避けている本当の理由は誰にも話せないことであり、嘘《うそ》をついて誤魔化《ごまか》したことに高井は胸を痛めた。

「高井はゲームセンターみたいな騒がしいところは苦手だから行かないって」

「そっか……残念……高井さんああいうところ苦手そうだもんね……」

高井が不参加と知った上原は心底寂しそうだ。

「それで相沢さんはどうする？」

遠山がこれまで一切会話に参加していなかった相沢に尋ねた。

「うーん……私もやめておくわ」

「えーっ⁉　美香《みか》も行かないの？」

高井に続き相沢の不参加でガックリと肩を落とす上原。

「麻里花《まりか》とはいつも一緒に帰ってるんだし、今日は四人で楽しんできなさい」

「まあ、そうだけど……高井さんも行かないし……でも、次は全員で行こうね」

最終的にゲームセンターには遠山、上原、千尋、石山の四人で行くことになった。

遠山はひとつ気付いたことがあった。これまで相沢と石山がひと言も言葉を交わしていないということに。石山と相沢は仲が悪いのだろうか？

「美香、それじゃあ行ってくるね」

「気を付けて行ってらっしゃい」

上原が相沢と挨拶を交わすと佑希たちは連れ立って教室から出ていった。

「ねえ柚実《ゆみ》、ちょっといいかな？」

佑希たちがゲームセンターに向かった直後、教室に残り読書をしていた高井は相沢に声を掛けられた。

「相沢さん？　どうしたの？」

「柚実は一緒に行かなくてよかったの？」

「ん、私は騒がしいところは苦手。だから大丈夫」

「そう……ところで柚実、最近何かあった？　遠山のことを避けているように見えるよ」

毎日図書室に通っている高井が、佑希の当番の日だけ顔を出さないのは不自然だと相沢は感じたのだろう。

「それは気のせい。私はいつも通り」

「……ならいいんだけど。何かあったら私に相談して」

「ん、分かった。ありがとう相沢さん。そんなに心配しなくても大丈夫」

そう強がったものの高井は洗いざらい全てを相沢に聞いて欲しかった。でも高井と佑希の関係は到底認められるようなものではなく、知られてしまえばみんなが不幸になってしまう。

だから全てを胸に押し込み高井は平静を装った。

「あとひとつ、石山さんのことで話しておきたいことがあるの」

普段、他人に興味がない高井であったが、相沢の口から飛び出した石山という名前に心がザワついた。

「石山さんがどうしたの？」

「これはクラスの女子はほとんど知ってることなんだけど……彼女は倉島《くらしま》のことが好きなの。なのに倉島が好きな麻里花にわざわざ近付いてきたのが気になって」

佑希のことを好きな人を応援する、と言った石山の言葉の意味が分かり、石山の行動にようやく高井は腑《ふ》に落ちた。

石山はライバルの上原に恋人を作らせ倉島に諦めさせるつもりなのだ。そのなりふり構わない石山の必死な行動に共感はできないが理解はできた高井であった。

「そう……彼女も必死なんだよ。きっと……」

「それはどういう……」

「私は帰るね。相沢さんさようなら」

必死というその言葉の意味をはかりかねている相沢に背を向け、高井は教室を立ち去った。

「柚実……あなたは何か知ってるの？」

教室に一人残された相沢はポツリと呟いた。

◇

放課後、石山を連れ立って駅前のゲームセンターに遠山たちは四人でやってきた。

「ゲームセンターに来るの久しぶり！　遠山、あれ可愛《かわい》くない⁉」

ゲームセンターに入り、クレーンゲームの筐体《きようたい》が並んだ光景を見た上原は、テンションが高く興奮気味だ。クレーンゲームのプライズを指差し、遠山に早くやろうと催促してくる。

ショッピングモールやネットカフェでもそうだったが、上原はこういったアミューズメント系が大好きなようだ。

「ね、遠山くん、クレーンゲーム得意？　私、アレが欲しいなぁ」

石山が遠山に腕を絡め、あざとく胸を押し付けてくる。

上原ほどではないが、石山も程よい大きさのバストの持ち主で、遠山は突然身体を押し付けられたことで少し動揺していた。

「ま、まあ、得意といえば得意かな？」

「もちろん私がお金を出すからアレ取って」

そう言って石山は、お目当てのクレーンゲームまで遠山をグイグイと引っ張っていった。

「わ、分かったから腕を離してもらえないかな？　これだと操作しづらいし」

「あ、ごめーん。つい楽しくてさ。それに遠山くん照れててちょっと可愛いかも。ふふ」

今日のお昼まで話したことがなかったというのに、石山の積極的な行動に遠山は面食らっていた。


クレーンゲームに興じている遠山に石山はベッタリとくっつき、相変わらずボディタッチを続けていた。

「石山さん随分と積極的だね。上原さんいいの？」

その光景を寂しそうに眺めている上原を見かねた沖田が心配そうに声を掛けた。

「ちょっと行ってくる！」

沖田のひと言で背中を押された上原は、二人のもとへと駆けていく。


「やった！　遠山くん上手《うま》いね！　たった二回で取れちゃうなんて凄《すご》いよ！」

「配置が良かったし、これは比較的取りやすい形だったからね。運が良かったよ」

景品が上手く取れたようで、遠山たちは二人して盛り上がっている。

石山は再び遠山に腕を絡め身体を密着させていた。

「と、遠山！　私も欲しいのがあるからこっち来て！」

「う、上原さん⁉　わ、分かった。石山さんちょっと行ってくる」

上原も負けじと遠山の腕を取り強引に石山から引き剝がし、お目当ての景品があるクレーンゲームまで引っ張っていく。


「遠山、なにデレデレしてるのよ。可愛い子に胸を押し付けられてよかったね」

「べ、別にデレデレしてないし……それにアレは不可抗力だよ」

「ふーん……その割には鼻の下伸ばしてるように見えたけど？」

実際、押し付けられた胸の感触に悪い気はしていなかった遠山は、言い訳できなかった。

「上原さん、怒ってる？」

「別に怒ってないよ。私は遠山の彼女でもなんでもないし」

上原はプイッとそっぽを向いてしまった。

「そ、それで上原さんはどれが欲しいの？」

「そうやって物で女の子のご機嫌を取ろうとしても無駄だからね。あ、でも取ってくれるなら貰《もら》ってあげてもいいかな」

「分かった。上原さんのために頑張って取るよ」

遠山は上原のご機嫌を取ろうと必死だ。

「ホント⁉　じゃあね……アレ取って」

「僕に任せて！」


「それにしても本当に上原さんは遠山くんのこと好きなんだ。ちょっと意外」

遠山と上原のやり取りを遠目に見ていた石山が、誰に言うともなく呟《つぶや》いた。

クラス内で上原と遠山はデキている、という噂《うわさ》が少なからず流れているので石山も半信半疑だったのだろう。

「石山さんも佑希が気になるの？　さっきから積極的だけど」

その言葉を聞いた沖田は、先ほどまでの遠山と石山のやり取りを見て思ったことを尋ねてみた。

「私はね……上原さんの嫉妬心を煽《あお》ろうと思ってワザとやったの」

沖田にとって意外な答えが石山から返ってきた。

「え？　なんでわざわざそんなことを？」

「だって上原さんて意外と奥手そうじゃない？　だから背中を押してあげようと思って。お陰で遠山くんと良い雰囲気になったでしょ？」

「そうなんだ……石山さんは上原さんと佑希をくっつけたいの？」

「そういうこと。沖田くんも応援してね」

「うん分かった！　ぼくも応援するよ」

何も知らない沖田は石山の口車に乗せられ、上原の恋の応援をすることにしたようだ。

「遠山すごーい！　一発で取っちゃった！」

そんな沖田と石山たちのやり取りを知らずに、遠山と上原の二人はクレーンゲームで盛り上がっていた。

「はい、これは上原さんにプレゼント」

遠山はクレーンゲームで取ったばかりの景品を上原に手渡した。

「遠山から初のプレゼント……嬉《うれ》しい……」

「ただのプライズなんだから大袈裟《おおげさ》だよ」

「ううん、私のために取ってくれたんだから大切にするね」

「そう……上原さんに喜んでもらえてよかった」

すっかり機嫌を直した上原を見て遠山はホッと胸を撫《な》で下ろした。

「盛り上がってるとこ申し訳ないんだけど、遠山くん一緒にプリクラ撮ろ！」

石山が良い雰囲気になった上原たち二人の間に割って入り、遠山の背中をグイグイと押し、プリクラの中に無理矢理《むりやり》押し込んだ。

「い、石山さん⁉」

上原と沖田を残して遠山と石山は撮影ブースへと消えていった。

「もう！　せっかく盛り上がってきたのにっ！」

またも石山に邪魔され、上原は不満そうに頰《ほお》をぷくっと膨らませた。

「ふふ、石山さん随分と強引だね」

事情を知っている沖田と違い、上原にとっては面白くない展開だった。

「沖田くん、私たちもプリクラ撮りましょう！」

「ええ⁉　ぼくと上原さんで？　こういうの慣れてないから恥ずかしいよ」

「沖田くんキレイな顔してるし、写真映えすると思うよ……っていうか私、女子力で負けそう……」

「そんなことないと思うけど……上原さん美人だし、ぼくは男だよ？」

「沖田くん……あなたは自分のことがよく分かっていないようね。今から分からせてあげるわ」

沖田もまた上原に背中を押され、プリクラの撮影ブースへと押し込まれた。

「石山さん、プリクラ初めてでどうしたらいいか分からないんだけど？」

狭い撮影ブースで女子と二人、遠山は借りてきた猫のようになっていた。

「操作は私に任せて。ほら、撮るからもっと近くに身体を寄せて」

「う、うん……」

もっと近くに寄れと石山が催促するので、遠山は恐る恐る彼女に肩を寄せる。

「ほら、一枚目はこんな感じ。遠山くん……表情硬過ぎ！　あと五枚撮れるからリラックスして、どんどん撮りましょう！」

写真を撮られるという行為に慣れていない遠山の表情は面白いくらい強張《こわば》っていて、画面に映る写真を見た石山が楽しそうにしている。

「まあ、さっきよりは良くなってきたかな？　まだ表情は不自然だけど」

回数を重ね少しは慣れてきた遠山だが、画面に映し出された自分の冴《さ》えない顔を横目にプリクラの楽しさが理解できないでいた。

やっぱ、これは陽キャがキャッキャしながらやるもので、自分には場違いだなと遠山は感じた。

「遠山くんなんか楽しくなさそう」

「そ、そんなことないよ！　撮影されるのに慣れないから緊張しちゃって」

「それじゃあ、最後の一枚くらいはサービスしてあげるね。えいっ！」

――!?

「ちょ、ちょっと石山さん!?」

石山はカメラに顔を向けたまま横から抱き付き、遠山の頬にキスするかしないかくらい石山の顔が近くにあった。

「えへへ、最後は遠山くん、良い表情になったじゃない」

最後の写真は石山に突然抱き付かれ、驚いた表情の間の抜けた遠山が写っていた。

確かに自然な表情ではあったが、これは他の人に見せられないなと頭を抱えた。

「これもプリントするの？　削除しない？」

「もちろんプリントするに決まってるじゃない？　こんなに良く撮れた写真を削除したら勿体《もったい》ないわよ」

「……この写真は他の人に見せられないなぁ」

遠山はガックリと肩を落とした。

「え？　別にいいんじゃない？　それとも上原さんに見られたくない？　まあ彼女ヤキモチ焼いちゃうかもね」

「え？　そんなことはないと思うけど……」

「ねえ遠山くん、上原さんのことどう思ってる？」

「どうって……？　石山さん急にどうしたの？」

唐突な石山の質問に遠山は戸惑う。

「クラスの人気ナンバーワン女子だよ。遠山くんも興味あるでしょ？」

「まあ……上原さんは可愛いし性格も良いし魅力的だと思うよ」

「ほうほう、遠山くんからの評価も高いね。それで上原さんのこと好き？」

「それって答えなきゃダメなの？」

「もちろん。答えてくれなかったらこの写真をクラスでばら撒《ま》いちゃうから」

そう言ってプリクラの画面に映し出された石山に抱き付かれた遠山の写真を指差す。

「……もちろん上原さんのこと好きだよ」

「へぇ……遠山くん上原さんのこと好きなんだ？」

「そ、そういう意味じゃなく友達として好きってことだから」

「分かってるって。それで付き合いたいとか思ったことある？」

「……僕と上原さんとじゃ釣り合わないよ」

「ふんふん、否定はしないんだね」

どこか石山に誘導尋問されているような気がする遠山だった。

「石山さん、質問の意図が分からないんだけど？」

「まあ、ちょっとした意識調査ってやつだよ。気にしないで」

「いや、思い切り気になるんだけど……」

「男なら細かいことは気にしない」

「そうですか……」

結局、石山の質問の意図が分からないまま遠山はガックリと項垂《うなだ》れた。

「ほら後でスマホに撮影した写真送ってあげるから」

「え？　そんなこともできるんだ？」

「今時それくらい当たり前だよ。遠山くん本当に高校生？　オジサンみたい」

そう言って石山はクスクスと笑った。


「あれ？　千尋と上原さんどこ行ったんだろ？」

撮影を終えた遠山と石山がプリクラの撮影ブースから出ると、上原と千尋の姿が消えていた。

「二人でプリクラでも撮ってるんじゃない？　ほらプリントできたよ」

出来上がった写真は硬い表情の写真数枚と、石山に抱き付かれ驚きで口が半開きの間抜けな遠山が写っていた。

「……それにしても何とも情けない表情の写真ばかりだなぁ」

石山はプリクラ慣れしており写りも良く、強張った表情の遠山との対比が面白いことになっていた。

「でも、最後の写真は表情も自然だし良いと思うよ」

最後の写真は不意に抱き付かれて驚いている表情は自然だが、誤解を受けそうな写真だ。

プリントされた写真を石山と品評していると、別のプリクラのブースから上原と千尋が出てきた。

「佑希、お待たせ！」

「千尋も上原さんとプリクラ撮ってたんだ」

「そうなの。でも……沖田くんの写りが良過ぎて……私、自信なくしそう……」

上原たちが撮影したプリクラから写真がプリントされ、遠山はその写真を覗《のぞ》き込んだ。

「ホントだ……これ女子二人で撮ったとしか思えないんだけど？　千尋、本当は女なんじゃ……」

「遠山、そうなの！　色々と加工して修正したら美少女が出来上がっちゃったのよ。私はあんまり変わらなかったのに……」

確かに写真に写った上原は普段とそれほど変わりないが、それは元が良いからだろう。比べて千尋はより女性らしくなっていた。

「わ、沖田くん可愛《かわい》過ぎでしょ？　クラス一の美少女と言われている上原さんに、引けを取ってないよ」

「そ、そんことないよ……そ、それで佑希たちの撮ったやつも見せてよ」

千尋の恥ずかしそうに俯《うつむ》いたその姿も美少女のそれだった。

「うわあ、遠山表情硬いね」

写真を見た上原の口から遠山の予想通りの言葉が飛び出した。

「しょうがないだろ。初めて撮ったんだし」

「それにしても石山さんプリクラ撮り慣れてるね……遠山とツーショット……いいなぁ……私も欲しいいな」

上原は羨ましそうにブツブツとなにか言っている。

「遠山、次は私と撮ろ！　石山さんと一緒に撮って慣れただろうから今度は大丈夫でしょう？」

「え？　また撮るの？」

「当り前じゃない。ほらさっさと行くよ」


こうして人生二度目のプリクラを上原と一緒に撮った遠山は疲れ果てていた。対して上原はプリントされたプリクラを大事そうにカバンにしまい、満足そうにしている。

「それじゃあ上原さん、最後は私と一緒にプリクラ撮るよ！」

「え？　まだ撮るの？」

「せっかくだから女子トークでもしながらね」

「う、うん、分かった」

「それじゃあ遠山くんは私たちを待ってる間、プリクラで沖田くんとツーショットでも撮ってれば？」

石山は他人事《ひとごと》のように言い放ち、上原の腕を引っ張りプリクラのブースへと二人は消えていった。

「もうプリクラなんて撮らないよ！　しかも男同士でなんて。ね、千尋？」

プリクラは女子同士かカップルで撮るものだよね？　と同意を求めようと目を向けた遠山が見たのは、俯き上目遣いで恥ずかしそうにしている千尋の姿だった。

「ゆ、佑希……ぼくたちも撮らない？」

――なんで照れくさそうに顔を赤くしてるんですか!?


石山の押しの強さに負け、プリクラのブースに押し込まれた上原は筐体《きょうたい》のカーテンを少し開けて遠山たちの様子を覗《のぞ》いていた。

「むぅ……遠山と沖田くん……まるで恋人同士みたい……結局あの二人は一緒にプリクラを撮るんだ……」

上原はブツブツと呟《つぶや》いている。

「上原さんもしかしてヤキモチ焼いてるのかなぁ？　沖田くん可愛いし遠山くんも満更でもなさそうだったよ？」

「そ、そんなこと！　ない……けど……沖田くんは男子だし……」

「そんなこと言ってると取られちゃうかもよ？　好きなんでしょ？　遠山くんのこと」

「ふぇっ⁉　ど、どうしてそれを……」

まさか石山に見抜かれてしまうとは思っていなかったのだろう。

「あはは、そんなに驚かなくてもバレバレだから」

「そ、そんなに分かりやすいかな……？」

「そうねぇ……今日一緒にゲームセンターに来ただけでも分かっちゃうくらい好き好きオーラ出てたよ」

「は、恥ずかしい……」

上原は真っ赤になり俯き両手で顔を隠した。

「ねえ上原さん、遠山くんに悪い虫が付く前に告っちゃいなよ」

突然何を言い出すかと思えば、遠山に告白しろと提案してきた石山に上原は動揺を隠せなかった。

「え、え、ええっ⁉　む、無理だよ！　遠山は私に興味なさそうだし……」

自信がないのか上原はシュンとしてしまう。

「そんなことないって！　さっき遠山くんとプリクラ撮った時に聞いたんだけど、上原さんのこと好きって言ってたよ」

石山はわざと〝友達として〟という言葉を言わずに上原に伝えた。

「ほ、本当⁉」

「うん、間違いない。遠山くん、上原さんのこと良く思ってるみたいだし絶対成功するよ。だから告っちゃおう？」

「だ、大丈夫かな……？」

「大丈夫だって！　上原さんそんなに可愛いんだから自信持ちなって」

「そ、そっか……じゃあ告白しちゃおうかな……」

甘い言葉に煽《あお》られた上原はすっかりその気になってしまい石山の術中に嵌《はま》っていく。

「うんうん、私も協力するから。明日告白しよう！」

「あ、明日⁉　そんな急になんて心の準備が……」

「告白は勢いだよ！　今日の二人は良い雰囲気だったじゃない？　このチャンスを逃す手はないよ！」

「そ、そうかな……私も良い雰囲気かなぁって思ってたし……わ、分かった……それでどうすれば？」

「私に任せてくれれば成功間違いなしだから」

「う、うん分かった！　明日頑張るから」

こうして上原の告白の準備は遠山の知らないところで着々と進んでいった。

第十二話　告白

いつものように登校してきた遠山は自分の下駄箱《げたばこ》の前で固まっていた。

「これってラブレター？　いや……そんなわけないよな。また嫌がらせなのか？」

下駄箱の中の上履きの上にちょこんと載せられた白い封筒。一見するとラブレターに見えるが世の中そんなに甘くはない。悪意のある嫌がらせのビラを頂いた件もつい最近のことだ。

遠山は慎重に封筒を取り出しカバンにしまい、トイレの個室に慌てて駆け込んだ。周囲にいた他の生徒の目にはお腹《なか》が痛くてトイレに駆け込んだように映っただろう。

「差出人の名前は書いていないか……」

封筒を恐る恐る開けるとそこには白い便箋と一枚の写真が入っていた。

——写真⁉

便箋と一緒に同封されていた写真は高井《たかい》が遠山の手を引き、家に招き入れている瞬間を撮影したものだった。

——目撃されていたのか⁉　カラオケの後に尾行された？　それとも偶然……？

分かっていることは、この手紙がラブレターのように貰《もら》って嬉《うれ》しいような内容ではないということだけだ。

恐る恐る同封されていた便箋を開き内容を確認する。

『遠山くんへ　お願いがあります。今日の放課後に体育用具倉庫前で遠山くんを待っている人がいます。放課後に倉庫前に行ってその人の願いを叶《かな》えてあげてください』

書いた本人を特定できないようにするためか、手書きではなくパソコンで印刷したものだった。

——写真まで同封しているってことは、高井との関係をバラされたくなかったら黙って言うことを聞けということか……？

相手がどんな要求をしてくるのか分からないが、遠山にできることなど限られている。写真だけでは遠山と高井の関係がどういうものか特定することはできない。だが噂《うわさ》にはなる。相手はそれが狙いだろう。そうなると手紙の指示に従うしかないということだ。

「行くしかない。これで終わらせてやる」

相手がどんな要求をしてくるのか分からない遠山は不安であるにもかかわらず、一連の嫌がらせに終止符を打つために覚悟を決めた。

◇

「美香《みか》、ちょっと話があるから少し時間いいかな？」

午後の授業が終わった直後、麻里花《まりか》が相沢《あいざわ》に話があると声を掛けてきた。

「うん大丈夫。それでどんな話？」

「高井さんにも話したいし、ここじゃ他の人に聞かれちゃうから教室の外でね」

麻里花は周囲を見回しヒソヒソと小さい声で相沢に告げ、柚実《ゆみ》のもとへ駆けていった。

教室に残っていた柚実を連れて麻里花は相沢と三人で人気《ひとけ》のない場所までやってきた。

「こんな場所まで来たけど聞かれては困る話？」

相沢が大事な話だと判断したのか真剣な面持ちで麻里花に問い掛ける。

「困るというか……聞かれたら恥ずかしい話……かな？」

「私が聞いてもいいの？」

「もちろんだよ！　高井さんは大切な友達だから聞いて欲しい」

柚実が心配そうに尋ねてきたが麻里花は一緒に聞いてもらいたいと言う。

〝大切な友達〟と言われた柚実が少し嬉しそうに見えたのは気のせいではないだろう。

「それじゃ心して聞かないとね」

相沢は真剣な表情で麻里花と正面から向き合った。

「えと……その……」

何かを言おうとしているが言い難《にく》いことなのか、麻里花は口籠もりなかなか言葉に出せないでいた。

「麻里花、そんな言い難いことなら無理しなくてもいいんだよ？」

「ううん、大丈夫」

その様子に相沢が心配し優しい言葉を掛けるが、麻里花は目を閉じ深呼吸をすると意を決したのか、真剣な表情になり再び相沢と柚実に相対した。

「私……今から遠山に告白してきます」

覚悟を決めた麻里花の口から衝撃的な告白宣言が飛び出した。

「えっ!?　麻里花……今なんて？」

あまりの衝撃に相沢は聞き違いであったのかと麻里花に聞き直す。

「今から遠山に告白してくる」

その言葉を聞いた柚実はといえば、いつもの無表情のまま身動きせずにいた。

「どうして急に告白するなんて……」

相沢にとって寝耳に水とはこのことだろう。

「昨日、ゲームセンターで石山《いしやま》さんと話しててさ……脈があるから告白しちゃいなって言われて」

「そんな根拠のない話でそんな大事なこと決めちゃったの？」

相沢にしてみればそんなアテにならない情報で告白することを決めてしまったことに驚いていた。

「そんなことないよ。遠山が私のこと好きって言ってたのを石山さんが直接聞いたって。だから告白すれば絶対上手《うま》くいくから私に任せてって」

「……それで今日告白を決めたと？」

「うん……石山さんが遠山を体育用具倉庫前に呼び出してくれたから、後は私が行って告白するだけだよ」

「アンタねぇ……」

まさかこれほど麻里花が遠山のことを好きであったとは相沢にとって誤算だった。恋は盲目とは言うけど、麻里花は全く周りが見えていなかった。

「美香は応援してくれないの……？」

相沢の様子に麻里花が不安そうにしている。

「そんなわけないいじゃない！　私はいつだって麻里花の味方だよ。だから……頑張って」

もうこうなっては誰も麻里花を止めることはできないし、その権利もない。本当に成功して幸せになれるかもしれないのだ。

「高井さんも応援しててね」

麻里花は未《いま》だに無表情のまま無言だった柚実を一瞥《いちべつ》した。

「それじゃ行ってくる」

そう言い残した麻里花は踵《きびす》を返し、愛《いと》しい人のもとへと駆けていった。

「何かと思えば……いきなり告白するつもりだなんてビックリだよホント。ね、柚実」

「柚実？」

麻里花の後ろ姿を目で追っていた相沢が柚実に同意を求めた。しかし何も反応がないことに気付き恐る恐る振り返ると、そこには茫然自失《ぼうぜんじしつ》といった様子の柚実の姿があった。

「柚実……どうし——ッ!?」

柚実に声を掛けようとした相沢は最後まで言葉にできず止めてしまう。相沢の瞳には柚実の頬《ほお》を伝う涙が映っていた。

「柚実……もしかしてあなたも遠山のことを……」

涙をポロポロと流す柚実はそのまま何も言わずどこかへと走り去ってしまった。

「ああん、もう！　どうしてこうなっちゃうのよ!?　遠山、アンタのせいだからね！」

相沢は恨み節を唱えながら柚実の後を追ったものの見事に見失ってしまう。

「はぁはぁ……」

上原《うえはら》が告白するという話を聞き、頭の中が真っ白になり我に返った時には泣き出してしまい、相沢のもとから逃げるように立ち去った高井は、佑希《ゆうき》が呼び出された体育用具倉庫に向かって走っていた。

——私、佑希のことが好きなんだ。

上原が佑希に告白すると聞いた時に感じた絶望感。上原に負けたくない、取られたくないと強く思った高井はようやく今、それに気付いた。

「きゃっ！」

走りながら廊下の角を曲がろうとした高井は、他の生徒とぶつかりそうになったが間一髪、難を逃れる。

「ご、ゴメンなさい」

廊下を走っていた自分に非がある高井は相手に謝り、その生徒に顔を向けた。

「い、石山さん？」

「高井さん、そんなに慌ててどうしたの？」

「い、いえ……ぶつかりそうになってゴメンなさい」

「別に接触しなかったし大丈夫よ。それにしても高井さんその顔……」

高井の涙は止まっていたものの、泣き腫らしたその表情を見た石山は何かに気付いたようだ。

「そう……知ってしまったみたいね。上原さんから聞いたの？」

高井は静かに頷《うなず》いた。

「それで慌てて校舎裏に行こうとしていたのね。だけど……二人の邪魔はさせない。あなたには悪いけど二人には上手くいってもらわないと困るの」

「石山さん……それはあなたのため？　二人が付き合えば倉島《くらしま》くんが上原さんを諦めると思っているから？　諦めてくれれば倉島くんがあなたに振り向いてくれるかもしれないから？」

本心を言い当てられ何も言えず黙っている石山に高井は更に続けた。

「だから上原さんをその気にさせて遠山くんに告白するようにけしかけたんだ」

「それ以上言わないで！」

自分のしたことを聞かされるのを嫌がる石山に、罪悪感はあったのかもしれない。

「石山さん分かるよ。好きな人が自分に振り向いてもらえない辛さが。でも……だからって人の気持ちを利用するのはダメ。それはその人の気持ちを——」

高井は言い掛けた言葉を途中で止め、驚愕《きょうがく》に目を見開く。その視線は向かい合っている石山を見ずにその後ろにいる人物を捉えていた。

「沙織《さおり》……今の話は本当か？」

石山が忘れるはずのない声に恐る恐る振り向くと、そこには倉島の姿があった。

「か、和人《かずひと》!?　い、いつからそこに……」

「二人で会話を始めたほぼ最初からそこの陰で聞いていた」

「――ッ!?」

つまり倉島は全ての話を聞いていたことになる。石山が上原の告白を後押ししたことも、倉島に振り向いてもらうためにしたことも何もかも。

石山は全身から血の気が引く思いであった。倉島に嫌われてしまう、それだけが怖かった。

「それで麻里花が遠山に告白するというのは本当か？」

倉島のその冷めた瞳と冷たい声に石山は声が出せなかった。

「答えろ沙織！」

倉島の張り上げた声に石山はビクッと身体を震わせた。

「く、倉島くん……お願い落ち着いて……」

高井も倉島の怒声に一瞬怯《ひる》みはしたが落ち着くよう懇願する。

「高井、お前はいいのか？　こんなことになって」

「よくはない……けど、気持ちは分かるから」

「そうか……」

倉島がその返答に納得したのか、そうでないのか高井には分からなかった。

「遠山くんと上原さんは体育用具倉庫前で会ってるはずです……」

石山は青ざめた顔で声を振り絞り、倉島が知りたいであろう情報を伝えた。

「クソッ！」

それを聞いた倉島は体育用具倉庫に向かうべく踵を返した。

「和人、行かないで……」

上原のもとに向かおうとする倉島を弱々しくも石山は引き止めようとする。しかし倉島は石山を一瞥すると足早にこの場を立ち去ってしまう。

◇

遠山は体育用具倉庫に向かう途中、少し離れたところで足を止め、木の陰から倉庫前の様子を窺《うかが》った。

――上原さん!?

遠くからでも目立つ髪色とその華やかな雰囲気は他の人と見間違えることはない。

「僕を呼び出したのは上原さんなのか……？　いや……上原さんがこんなことをするはずがない」

上原も呼び出されて倉庫に来たに違いない、遠山は何かの罠《わな》であると自分に言い聞かせ、上原のもとへと歩を進めた。

「遠山……来てくれたんだ……」

遠山が姿を現すと上原は驚いた様子もなく恥ずかしそうに、そして嬉《うれ》しそうな表情を浮かべた。

——僕が来るのを上原さんは知っていた？　やっぱり呼び出したのは上原さんなのか？

「僕をここに呼んだのは上原さん？」

「う、うん、そうだよ……急に呼び出しちゃってゴメンね。め、迷惑だったかな？」

上原は俯《うつむ》き、上目遣いで不安気な表情を浮かべた。

「そんなことはないけど……わざわざこんなところに呼び出して一体どうしたの？」

「えと……あのね……と、遠山に話したいことがあって」

恥ずかしそうに顔を紅潮させ、思い詰めたような表情の上原を見た遠山は手紙に書いてあった『願いを叶《かな》えてあげて』という一文を思い出す。

——まさか……!?

遠山の心臓の鼓動がドクンと跳ね上がる。

「あのね……私ね……」

必死に伝えようと紡いでいる言葉、上原のこれまでの言動を思い出し、遠山は今から起こることを理解してしまった。

――上原さんそれ以上は……

「と、遠山のことが――」

――それ以上はダメだ！

「麻里花！」

遠くから遮るように投げ掛けられた〝麻里花〟という名前に、上原は口から出かけていたその言葉を止めた。

その声に振り向くと倉島が息を切らし、険しい表情で遠山と上原のもとに駆け寄ってきた。

「か、和人!?　どうしてここに……」

倉島が来ることを上原も知らなかったようだ。遠山はいよいよ混乱を極めた。

「く、倉島……？　お前も呼ばれて来たのか？」

「いや、違う。俺は沙織にお前たちのことを聞いてここに来た」

「石山さんに？　どういうことだ？」

「そんなことはどうでもいい。麻里花……」

思い詰めたような表情をしていた倉島は深呼吸をし、覚悟を決めたかのような面持ちで上原に相対した。

「俺は……お前のことが好きだ。だから……付き合って欲しい」

突然の倉島の告白に上原はそれを黙って聞いていた。

三人の間に沈黙が流れる。

「和人……」

告白を静かに聞いていた上原が口を開いた。

「……私には……好きな人がいるの……だから……あなたの気持ちには応えられない。ゴメンなさい」

上原の告白。それが誰に向けてなのか倉島も、そして遠山も分かっていた。

「ッ！　麻里花……お前はそんなにコイツのことが――」

「だめぇっ！」

「高井!?」

突然、倉庫の陰から高井が飛び出してきた。倉庫の陰に隠れて今までの会話を聞いていたのだろうか。

「倉島くん……それ以上はあなたが言ってはダメ……」

「高井……お前はそれでいいのか？　麻里花とお前を天秤《てんびん》に掛けようとしているのかもしれないんだぞ!?」

「佑希は……そんなことはしない」

「お前は遠山と付き合っているんだろう？　それなのに他の女にデレデレしてデートして

いるような男だぞ！　それでもそう言い切れるのか!?」

「……私と佑希は付き合っていない」

「そんなわけないだろう？　俺と沙織は見たんだ。お前の家にコイツと二人で入っていくところを！」

その倉島の疑問に高井は肯定も否定もせず無言を貫いた。

「それは否定しないんだな。遠山はどうなんだ？」

思考が追い付かず成り行きを見守るしかなかった遠山に倉島が返答を求める。しかしそれに対する答えはひとつしかなかった。

「……僕と高井は付き合ったりしてはいない」

「そうか……じゃあ、俺が高井を口説いても問題ないよな？　麻里花に振られちまったし前から高井のことは気になっていたんだ」

倉島の言葉はヤケクソになっているように聞こえるが、まるで遠山を試すような物言いだった。その目的は遠山の本音を引き出すための演技であろう。

「それは嘘《うそ》。あなたは上原さんのことしか見ていない」

――ッ！

「……ああ……そうだよ！　俺はずっと麻里花のことが好きだ。入学した時からずっと！

でも麻里花に対する嫌がらせを解決したのは遠山……お前だ！　俺は嫌がらせをした犯人

ではないかと疑われて悔しかった！」

興奮している倉島は遠山に詰め寄った。

「倉島くん……その気持ちは私も痛いほど分かる。でも……それが佑希を責める理由にはならない。だから……」

高井は言葉を詰まらせ、それ以上言葉を紡ぐことはできなかった。

「遠山の周りにはお前を慕ったクラスメイトが集まってきて羨ましかった。麻里花も美香も！　遠山……お前さえいなければっ！」

倉島のそれはもはや逆恨みでしかなかった。

「そういうお前こそ人を見下してバカにしてきた、今までの自分の言動を思い出してみろよ？　自業自得じゃないのか⁉」

黙って聞いていた遠山だったが、身勝手な倉島の言いように苛立《いらだ》ちを隠せなかった。

「遠山のくせに生意気な！」

ジリジリと詰め寄ってきていた倉島が遠山の胸倉を片手で摑《つか》んだ。

「そういうところだよ、倉島。僕に言われたことが図星だったんだろ？　だからこうやって言葉ではなく暴力に訴えようとする」

「黙れ！」

「黙らないよ。お前が認めるまで言い続けてやるよ！　自業自得だって！」

「この！」

倉島は両手で遠山の胸倉を掴み、体育用具倉庫の壁にその身体を押し付けた。ガシャンという音と共に遠山の顔が苦痛に歪《ゆが》む。

「和人やめて！」

「沙織……!?」

遠山に掴みかかり、今にも手を出しそうな倉島の背中に石山が抱き付き止めに入った。

「和人……悪いのは全部私なの……お願いだからやめて……」

石山は目に涙を浮かべ必死に倉島を止めようとしている。

「……そうか……結局、俺は嫌がらせの犯人と疑われたまま何ひとつ手に入れられず、一人ぼっちだ……はは」

掴んでいた遠山の胸元から手を放した倉島は力なく項垂《うなだ》れた。

「遠山……大丈夫？」

「だ、大丈夫だよ」

遠山を心配する上原を横目に、茫然《ぼうぜん》としている倉島の背中へ向けて高井が語り掛ける。

「倉島くん……あなたは一人ぼっちだと言ったけどそんなことはないよ。あなたを大切に想《おも》っている人は身近にいるんだよ。だから……もっとその女性のことを見てあげて欲しい」

高井は倉島に後ろから抱き付いたまま背中に顔を埋《うず》めている石山に視線を送った。

振り返った倉島はほんの一瞬石山と見つめ合った。

「あ……」

倉島は石山を優しく身体から離し、踵《きびす》を返した。立ち去っていく倉島を静かに見守っていた石山はその背中を追い掛けていった。

倉島と石山が立ち去り、残された三人はお互いどう振る舞っていいか分からず、無言で立ち尽くしていた。

だがそんな沈黙を破ったのは上原だった。

「話したいことがあって遠山を呼び出したのは私なんだ。こんなことに巻き込んじゃってゴメンね」

呼び出してまで上原が何を話したかったのか遠山には分かっていた。そしてその答えもすでに決まっている。後は上原の話を聞く覚悟と受け止める勇気だけ。

「いや、いいんだ。それより……僕に話したいことってなに？」

遠山は今回のことを全て理解していた。遠山を呼び出し上原に告白させる。石山がそれを仕組んだということも。

「ううん……今はとても敵《かな》いそうにないからやめておく」

上原は高井に目を向けながらそう答え、自分の足元に視線を落とした。

「そっか……分かった」

「自分勝手でゴメン……」

その言葉を聞いた遠山は覚悟を決めたにもかかわらず、ホッとしている自分がいることに気付いた。

このままではダメだと分かっているのに今のこの関係を壊したくはなかった。

だから……今の関係を選択したことを遠山は後悔してはいない。

たとえそれが答えを先送りにしているだけだったとしても。

そして明日になればまたいつも通りの日常が始まるだろう。

エピローグ

体育用具倉庫の一件の後、遠山《とおやま》と高井《たかい》を盗撮した写真のことが噂《うわさ》になったりすることはなく、倉島《くらしま》と石山《いしやま》が遠山たちに何かするようなこともなかった。

いつものように放課後の図書室で図書委員の業務に従事している遠山の傍《かたわ》らで、高井がいつものように静かに本を読んでいた。

「遠山！　遊びに来たよ！」

図書室の扉が勢いよく開き、上原《うえはら》が飛び込んできた。

「上原さん、図書室では静かにお願いします。それにここは遊びに来るところじゃないよ」

「えへへ、ゴメンなさい。でも、誰もいないんでしょう？　だったら少しくらいいいじゃない」

上原もまた、いつものように図書室に現れ、いつもと同じように振る舞った。

遠山は高井が座っているテーブルを指差し、上原に目をやる。

「高井さん、いたんだ？　ゴメン気付かなかった」

高井の姿を見た上原は彼女の傍《そば》に駆け寄り、いつものように声を掛ける。

「ん、別に気にしてないから大丈夫」

高井はテーブルの傍らに立つ上原を仰ぎ見る。

上原は高井と目が合い、二人は見つめ合った。

——なんて可愛《かわい》い子なんだろう。

感情が窺《うかが》えないその瞳に上原は吸い込まれそうになる。

高井の纏《まと》うミステリアスな雰囲気と、すぐに壊れてしまいそうな儚《はかな》さが彼女の魅力を引き立てていた。

——私は敵に塩を送ってしまったのでは？

高井のイメチェンを手伝い、彼女の魅力を最大限に引き出した上原は少しだけ後悔した。

上原は体育用具倉庫前での出来事を思い出す。

遠山、高井、和人の三人が話していた会話の内容。遠山が高井の部屋に出入りしているのを見たと和人は言っていた。それを高井は否定しなかった。

そして高井の口から出た佑希《ゆうき》という遠山の下の名前。あれが二人の時本来の呼び方なんだ。

上原はそう確信した。

もしかしたら、あの二人の間に自分が立ち入る余地はもうないのではないだろうか？

そう考えると上原は胸が苦しく切なくなる。

しかし上原は、その考えを振り払った。

たとえそうであったとしても、遠山があの日のＳＨＲ《ショートホームルーム》で見せた勇気は確かに上原のためのものであった。

——諦めたくない！

そう強く心に願った上原は高井の耳元に顔を寄せ、小さく囁《ささや》いた。

「私、佑希のこと諦めないから」

その言葉を聞いた高井は再び上原を仰ぎ見る。

いつも無表情の高井が目を丸くして驚いていた。

「そう……」

高井はそのひと言を残し、再び本に視線を戻した。

いつものように……それは現状で満足していると思い込むための偽りの言葉だった。上原が高井にライバル宣言したことで動き始めた歯車はもう止めることはできない。

「上原さん、高井の読書の邪魔をしちゃダメだよ」

高井の読書の邪魔になっているのではないかと心配した遠山が、二人に近付いてきた。

「高井さん、そんなことないよね？」

「上原さん、読書の邪魔だから用事が済んだのなら話し掛けてこないで」

「ええっ⁉　高井さん、そこは『別に邪魔なんかじゃないよ』って言うところじゃない⁉」

そのやり取りを見ていた遠山は思わず吹き出しそうになる。

そして、腹を抱え横目で高井の様子を窺うと、彼女が今まで見せたことのない表情を一瞬だけ浮かべたのを遠山は見逃さなかった。

——そう、彼女は確かに微笑《ほほえ》んでいた。

あとがき

本作にて書籍デビューをさせて頂くことになりましたヤマモトタケシと申します。

みなさんはコンドームの自販機を見たことがありますか？

私の住んでいる近所にはたくさんあって、真冬の寒い日の夜に煌々《こうこう》と光を放つ自販機を見てこの話を思い付きました。

自販機で買っているところを他人に見られたら恥ずかしいだろうか？

それが主人公の高校生だったら？

主人公に好意を抱いているヒロインがそれを見たらどう思うだろう？

そんな妄想が頭の中に思い浮かび、続きを自分で読みたくなり書き始めました。

思い付きで書き始めてコンテストの締切りまで三週間しかない中、なんとか書き上げ、順調にランキングを上げていくことができました。

そして第6回カクヨムＷｅｂコンテストでラブコメ部門特別賞とＣｏｍｉｃＷａｌｋｅｒ漫画賞という大変名誉な賞を頂いた作品に、大幅な修正、書き下ろしを加えた作品になっています。

Ｗｅｂ版とは違う展開の物語を楽しんで頂けたでしょうか？

面白かった、続きが読みたいと思って頂けたら幸いです。

ここから謝辞を述べさせていただきます。

実はこの作品を書く直前に処女作のＷｅｂ小説を完結させていて、趣味のイラストに集中するために筆を断とうと考えていました（実際に筆を断つとツイートしています）。

しかし、Ｔｗｉｔｔｅｒのフォロワーさんから『コンテストはお祭りなんだから楽しみましょう』との言葉を頂きました。

書峰颯さんにそう言ってもらえなかったら、この作品は存在しなかったと思います。

背中を押してくださった書峰さんには大変感謝しております。

右も左も分からない新人の私に改稿のアドバイスや相談に乗って頂き、刊行にあたり各方面に尽力して頂いた角川スニーカー文庫編集部担当のナカダ様には深謝申し上げます。

イラストを担当して頂いたアサヒナヒカゲ様、作者の頭の中にあるキャラクター像をそのままアウトプットしたのでは？　と思えるほどイメージ通りの素晴らしいイラストを描いて頂き感無量です。

コミカライズを担当して頂けることになった、ももずみ純様、コミック版を楽しみにしております。

執筆で悩んでいる時に相談に乗って頂いた琉斗《りゅうと》さん、みず氷さん、樹山さんには感謝の言葉もありません。

最後にWeb版、書籍版を読んで応援をして下さった読者の方々、刊行にあたり尽力していただいた関係者全ての皆様にお礼を申し上げます。

この本が売れて二巻が発売され遠山、高井、上原、三人の物語が続いていくことを切に願っております。

追伸

『月刊コミック電撃大王』で本作のコミカライズが連載開始予定です。

コミック版もお楽しみに！

ヤマモトタケシ

冴《さ》えない僕《ぼく》が君《きみ》の部屋《へや》でシている事《こと》を
クラスメイトは誰《だれ》も知《し》らない

著　ヤマモトタケシ

角川スニーカー文庫　23135

2022年4月1日　初版発行

発行者　青柳昌行

発　行　株式会社KADOKAWA
〒102-8177 東京都千代田区富士見2-13-3
電話　0570-002-301（ナビダイヤル）

印刷所　株式会社暁印刷
製本所　本間製本株式会社

Printed in Japan　ISBN 978-4-04-112424-6　C0193

★ご意見、ご感想をお送りください★
〒102-8177 東京都千代田区富士見 2-13-3
株式会社KADOKAWA　角川スニーカー文庫編集部気付
「ヤマモトタケシ」先生
「アサヒナヒカゲ」先生

角川文庫発刊に際して

角川源義

第二次世界大戦の敗北は、軍事力の敗北であった以上に、私たちの若い文化力の敗退であった。私たちの文化が戦争に対して如何に無力であり、単なるあだ花に過ぎなかったかを、私たちは身を以て体験し痛感した。西洋近代文化の摂取にとって、明治以後八十年の歳月は決して短かすぎたとは言えない。にもかかわらず、近代文化の伝統を確立し、自由な批判と柔軟な良識に富む文化層として自らを形成することに私たちは失敗して来た。そしてこれは、各層への文化の普及滲透を任務とする出版人の責任でもあった。

一九四五年以来、私たちは再び振出しに戻り、第一歩から踏み出すことを余儀なくされた。これは大きな不幸ではあるが、反面、これまでの混沌・未熟・歪曲の中にあった我が国の文化に秩序と確たる基礎を齎らすためには絶好の機会でもある。角川書店は、このような祖国の文化的危機にあたり、微力をも顧みず再建の礎石たるべき抱負と決意とをもって出発したが、ここに創立以来の念願を果すべく角川文庫を発刊する。これまで刊行されたあらゆる全集叢書文庫類の長所と短所とを検討し、古今東西の不朽の典籍を、良心的編集のもとに、廉価に、そして書架にふさわしい美本として、多くのひとびとに提供しようとする。しかし私たちは徒らに百科全書的な知識のジレッタントを作ることを目的とせず、あくまで祖国の文化に秩序と再建への道を示し、この文庫を角川書店の栄ある事業として、今後永久に継続発展せしめ、学芸と教養との殿堂として大成せんことを期したい。多くの読書子の愛情ある忠言と支持とによって、この希望と抱負とを完遂せしめられんことを願う。

一九四九年五月三日

継《まま》母《はは》の連れ子が元カノだった
Mamahaha
Tsurego
Moto kano
「昔の恋が終わってくれない」
紙城境介
イラスト／たかやKi
好評発売中!
実はまだ好き同士な
元カップルが親の再婚で
きょうだいに!?
第3回
カクヨム
Web小説コンテスト
《大賞》
ラブコメ部門
「僕が兄に決まってるだろ」「私が姉に決まってるでしょ?」親の再婚相手の連れ子が、別れたばかりの元恋人だった!?　“きょうだい”として暮らす二人の、甘くて焦れったい悶絶ラブコメ——ここにお披露目!
スニーカー文庫

君の紡ぐ物語で
第28回
スニーカー大賞
作品募集中!
大賞 300万円
+コミカライズ確約
金賞 100万円
銀賞 50万円
特別賞 10万円
世界を変えよう。
締切必達!
前期締切
2022年3月末日
後期締切
2022年9月末日
詳細は・
ザスニWEBへ
https://kdq.jp/s-award
イラスト／左